回復術士的重啟人生
~即死魔法與複製技能的極致回復術~
4

芙蕾雅
被改變容貌植入虛假的記憶的芙列雅公主，凱亞爾葛的所有物。深愛凱亞爾葛且尊敬著他的隨從。
凱亞爾葛
為了捨棄懦弱的自己而進化成新模樣的凱亞爾。以愉悅又幸福的復仇生活為座右銘，活得歡樂自在的優秀青年。本性善良。
剎那
淪為奴隸的冰狼族天才。被凱亞爾葛所救成為他的所有物。

布列特
【砲】之勇者・經驗豐富值
得依靠的男人……其實是只
愛著少年的精神病患。
夏娃
在第一輪是魔王，第二輪為
魔王候補的少女。是遭到現
任魔王迫害的黑翼族，為了
成為魔王拯救族人而旅行。
艾蓮
擅長『政略』及『軍事』的諾
倫公主改頭換面後的模樣。非
常愛跟凱亞爾葛等人撒嬌的少
女。但其本質沒有改變。

「渺小的存在啊。
恭喜突破了吾的試煉。」
這傢伙就是神鳥咖喇杜力烏斯嗎——

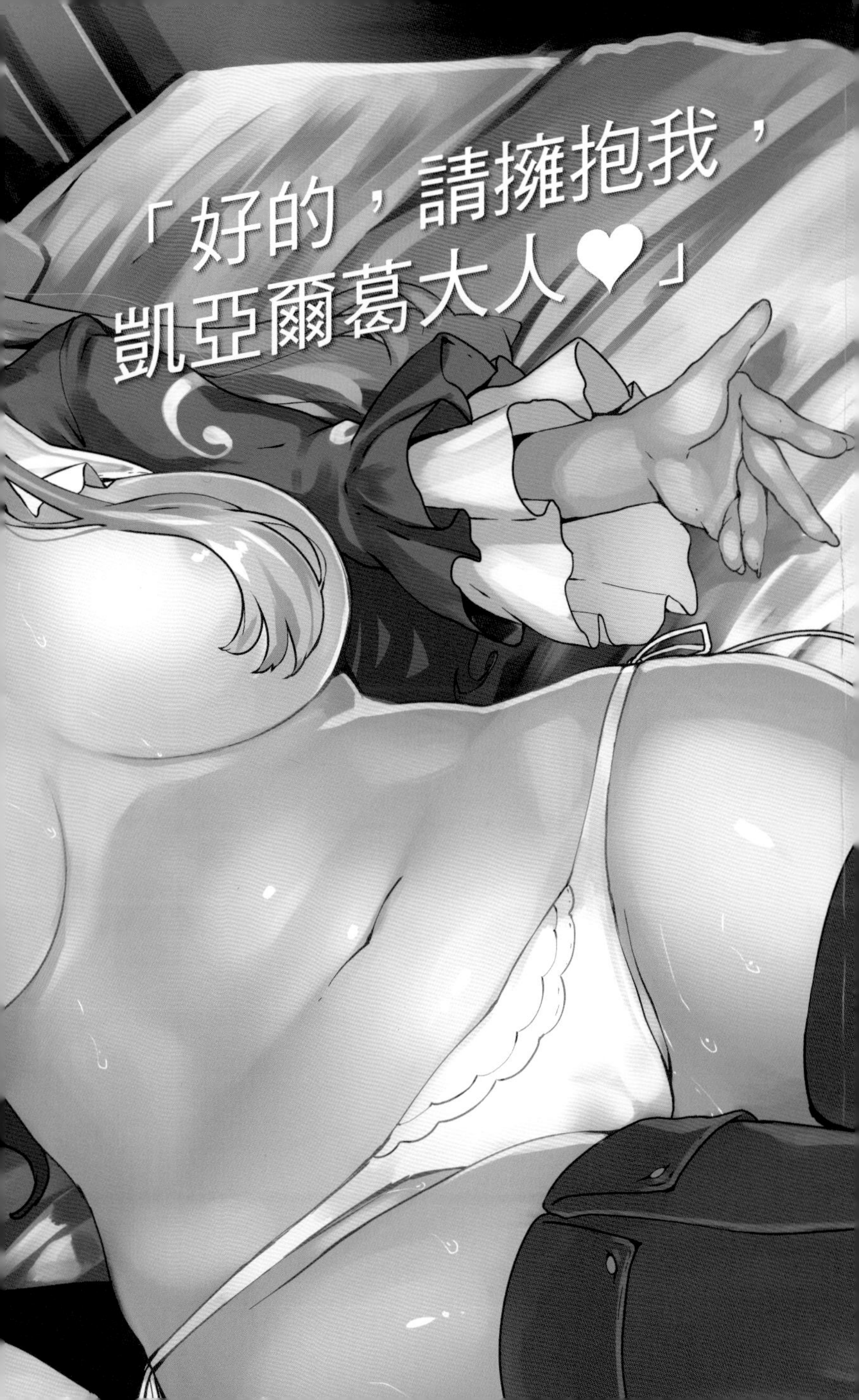
「好的，請擁抱我，
凱亞爾葛大人❤」

回復術士的重啟人生

Redo of healer

～即死魔法與複製技能的極致回復術～

4

月夜涙

插畫 しおこんぶ

Author : Tsukiyo Rui

Illustration : Siokonbu

Kadokawa Fantastic Novels

C O N T E N T S

序章 回復術士教育諾倫公主

真是清爽的早晨。

清醒之後，我爬起身子打開窗簾。

往窗外一看，街上還在吵吵嚷嚷。

昨天擊退了吉歐拉爾王國軍後，鎮上舉辦了慶功宴，一直持續到現在。

真是讓人欣慰的景象。

此時，有個擁有白色狼耳與尾巴，十二三歲的美少女正依偎在我身上。

「凱亞爾葛大人，今天早上好淡……」

「抱歉啊，昨天努力過頭了。相對的，我今天中午會好好疼愛妳，就原諒我吧。」

我這麼說，並把剎那擁入懷中親吻，隨後剎那露出了恍惚的眼神。

得到諾倫公主的我，一時過度沉迷於姊妹丼的刺激，把一切都傾瀉而出。

把美少女姊妹交疊在一起再加以侵犯的巧思實在不錯。

「嗯，剎那會期待的。」

「交給我吧。」

早餐就瘋狂吃肉吧。

雖說芙蕾雅和諾倫品嚐起來也很舒服，但配合度最好的果然還是剎那。

不單只是為了追求快樂，也想幫剎那提高等級上限。

目前剎那的等級上限已經提高到將近30。

亞人種族的特徵是天賦值優秀，相對的等級上限卻很低，而剎那的等級上限在亞人種族之中也明顯偏低。

目前的等級上限是30，以亞人來說算是稍稍高於平均。和人類相較之下算是普普通通。

不過她原本就擁有非凡的天賦值和天生的戰鬥直覺，如果不是遇到異常超乎規格的對手就不會輸。

「凱亞爾葛，你昨天帶回來的女孩子是誰？」

享受完和剎那的魚水之歡後，總算從被窩裡探出頭來的夏娃開口提問。

她是擁有黑色羽翼的黑髮美少女。年齡大約是十五六歲。

不僅是魔王候補，同時也是我的雇主。

「噢，那女孩是……」

我把諾倫的長相做了一點微調。

畢竟諾倫公主是知名人士，直接帶著她走在鎮上實在過於醒目。所以殘留她原本的面貌，同時還依照我的喜好把她變得更加可愛。

拜此所賜，夏娃並沒察覺她就是高聲提倡說要殺害魔族的那名少女。

「是我久別重逢的妹妹。」

「你在開玩笑吧？」

「千真萬確。我也沒想到能和她再次重逢。昨天偶然發現才把她撿了回來。」

我正好也想要個妹妹，就試著編了個設定。

因為我想被人叫一聲哥哥嘛。

這樣的玩法似乎也能助興。

儘管夏娃用猜疑的眼神看著我，但姑且還是相信我的說詞。

不，只是放棄思考了吧。

順帶一提，剎那倒是很乾脆地就認同了這件事。畢竟對剎那來說，我就是她的一切，既然我都這麼說了，那就不會有錯。

被當成話題的本人則睡在床上。

現在諾倫公主和芙蕾雅同床共枕。我昨天讓昏過去的她們倆睡在同一張床。居然讓她們姊妹倆感情要好地相處，我還真是溫柔啊。

諾倫公主睜開雙眼，並撐起身體。

她有著一頭桃色的輕柔秀髮，是個年紀與剎那相仿，儘管尚未發育卻能讓人感受到將來可能性，具有白瓷肌膚的美少女。

「這裡是哪裡？」

為了讓她成為我的所有物（玩具），我把她的記憶變成一張白紙。

雖說還有一般常識以及某種程度的知識，但她如今已回想不起自己的名字，還有身為吉歐拉爾王國公主的過去。

好啦，開始將她的內在雕塑成我喜愛的類型吧。

「幸好妳清醒了！太好了！真的是太好了！」

我這樣說完後抱住了她。

「呀！你到底是誰？」

「妳不記得了嗎？我是妳哥哥凱亞爾葛啊。」

「你是我哥哥？」

「沒錯。我們很久以前就被拆散，是偶然發現妳倒在街上才找到妳。太好了，幸好妳總算清醒了。噢噢，我親愛的妹妹啊！」

自己講出口之後，也覺得這故事編得過於草率。

算了，反正待會兒再徹底活用藥物和洗腦技術就成了。

簡單拚一下就好。

「對不起，我完全想不起來。」

「沒關係，至少我們還能像這樣重逢……先去那邊喝杯茶，邊喝邊聊吧。」

說完後，我摟住她的肩膀。

然而諾倫的肩膀卻猛然一震。看樣子似乎是在畏懼我。居然對親愛的哥哥表現出這種態度，看來有必要教育一番。

「唔喵唔喵……啊！早安，凱亞爾葛大人。」

「早安，芙蕾雅。」

然後芙蕾雅也清醒了。

她是年約十五歲的美少女，有著一頭桃色秀髮和性感肉體的前公主。

「我頭還有點痛。」

「不用勉強，妳再睡一會兒也沒關係。反正才剛解決各式各樣的問題，今天悠哉一點也不要緊。」

芙蕾雅之所以會頭痛，是因為喝下了我昨天為了讓芙蕾雅變成芙列雅狗而做的藥。

由於那還有模糊記憶的效果，我故意不使用【恢復(Heal)】。要是她清楚記得昨天發生的事，很有可能會降低芙蕾雅對我的忠誠心。

因為藉由藥物發情，芙蕾雅忘記自我成為芙列雅狗，幫我盡情地蹂躪了自己的妹妹。

看到她舔得那麼激烈，讓我笑到肚子都快歪了呢。

「那麼，我就接受凱亞爾葛大人的好意，再稍微睡一會兒。」

「就那麼做吧。好啦，我們兄妹倆也去獨處一下，好好聊聊吧。」

「好的，我也希望能想起自己的事。」

諾倫公主緊緊地抓住被單，如此說道。

我露出微笑，把她帶到其他房間並泡了杯紅茶。

這是我特製的紅茶。使用了大量危險的香草，再加熱我珍藏的恢復藥，萃取出香草的成分。

更準備了會使人意識朦朧的檀香。

至於其他，還準備了施展催眠術用的道具等等，真是忙死我了。

◇

然後過了兩個小時。

我們進行了一段非常有意義的對談。嗯，洗腦得非常成功。鍊金術士在這種時候有許多方便之處。

諾倫公主「想起了」自己叫作艾蓮，還有我是她的哥哥。

我一個不小心就得意忘形，鼓吹她對自己的親哥哥抱有戀愛情感，彼此也是那種關係。

因此到了最後……

「哥哥，你舒服嗎？」

艾蓮跪在我的眼前舔拭我的性器。

儘管還不熟練，不過這樣也別有一番樂趣。

「嗯，很舒服喔。艾蓮真是個好孩子。」

「沒有啦，被哥哥這樣誇獎，讓艾蓮又怦然心動了。我會加油的。」

這樣說完後，艾蓮用空洞的眼神一心一意地侍奉著我。

一想到這就是那個諾倫公主就讓人興奮難耐啊。

滿足了我內心的征服欲。

啊啊，不行。

明明已經和剎那約好中午要盡情疼愛她，但我似乎已按捺不住。

有了，我想到了一個好主意。

現在就先忍耐下來，別進展到最後一步，到了中午再連同剎那一起疼愛她們倆。這不只是為了我，也是為了教育諾倫公主！

雖說多虧了我才得以取回她純真的心靈，但這傢伙的內心深處還殘留著要把魔族和亞人趕盡殺絕的人渣本性。

為了教導她何謂真正的平等，就同時疼愛她和身為亞人的剎那吧。

只要和亞人一起嬌喘，展現出淫亂的一面，想必她就會察覺亞人和人類是別無二致的伙伴。

反正女人什麼的躺在床上都是一個樣，就用我的那話兒來讓她們加深交情。

噢，太可怕了。自己居然會如此聖人君子，真是太可怕了，我的天職肯定是牧師。差點讓我認真考慮轉職。

而且，這麼做還有另一個目的。

就是每次都偷窺我們的情事，沉迷自慰的夏娃。

要是連新人都捷足先登，想必她就更加無法忍耐。真想要快點品嚐夏娃。我幾乎快按捺不住，想直接襲擊她了。

而正義感強烈又真誠的我，想極力避免這點。

我思考著這樣的事情，再度抱住諾倫公主親吻了她，喔不，應該說艾蓮才對。

「哥哥……我喜歡你。」

「我也是喔，艾蓮。」

她親吻著應當要憎恨的男人，臉上掛著陶醉的笑容。

這就對了。殺害我的摯友卡爾曼、燒燬我的故鄉、殺害安娜小姐的妳，就一輩子這樣被我利用吧。

我在心中露出陰險的笑容，好好地玩弄了諾倫之後，把剎那叫了過來，親密地疼愛了她們倆。

第一話 回復術士告別布拉尼可與朋友

剎那和諾倫公主失去意識，赤身露體地交疊在我眼前。

嗯～做了好事後心情真好。

儘管諾倫公主已經重生為我的妹妹艾蓮，但是依然有邪惡的心靈盤據在她的內心，對亞人抱有歧視。

然而，如今諾倫公主的內心已經沒有任何歧視心理。想必她已經察覺到無論是亞人還是人類，在我的〇〇面前也不過只是雌性罷了。

「好啦，得來想想今後的打算才行。」

我一邊茫然地注視著她們兩人，一邊思考著各式各樣的事。

趁她們兩人睡著時我也稍微惡作劇了一下。這實在是令人欲罷不能。又是舔啊又是戳啊，做了許多事。

這次順利得到了諾倫公主，也收集到了情報，完成當初來布拉尼可的目的。

既然已經整理好旅行用具，也賺了不少旅費。那繼續待在布拉尼可也沒有意義，是時候啟程了。

就算身無分文，應該還是可以設法活下去。

話雖如此，我畢竟是個有肩膀的主人，不打算讓所有物們為了生活奔波。

況且如今也對所有物有了感情，想讓她們過好日子。

說真心話，其實一開始我也曾考慮過讓芙蕾雅去陪男人過夜，藉此賺取資金。

想到公主芙列雅為了我向骯髒的男人張開雙腿，看著這一切嘲笑她也是個挺愉悅的餘興節目。

但事到如今，假設讓我以外的男人碰了她，肯定會讓我滿心不爽。

「難不成我開始心軟了嗎？可惡，畢竟我既溫柔又充滿正義感，人格又如此高尚，這的確很有可能。」

開始害怕了起來。難道我對復仇的渴望正在衰減？

不可能。

我憎恨他們，想殺了他們。

想把害我受苦的那些傢伙碎屍萬段。

不要緊，我內心的復仇之火還沒有消失。

我要殺了最後剩下來的【砲】之勇者。

而且單單殺了他，還難消我心頭之恨。

那個傢伙是只喜愛著少年的反常神經病。

會一邊說愛我一邊捅我的肛門，一旦稍微事不順心，就會說：「為什麼？我明明這麼愛你，這麼溫柔地對待你，為什麼你就是不聽我的話！」

然後對我飽拳一頓，要是一般人，就算死了也不足為奇。

……獲得【藥物抗性】恢復神智之後的那段期間，真的是活生生的地獄。

為了目的，我只好繼續裝瘋賣傻，但每當和那傢伙兩人獨處，甚至有好幾次都讓我認為要是真的瘋了還樂得輕鬆。

依這些罪狀來看，理當要比照諾倫公主，並非只是殺了他，而是要當成所有物玩弄一番才行，但就算把那變態當成所有物也毫無樂趣可言，所以也只能直接殺了。可惡，那個變態真是渣到極點！

「反正不久之後就會遇到他了吧。」

繼芙列雅公主之後，就連諾倫公主也被敵人擄走。

這使得吉歐拉爾王國的威信跌到了谷底。他們絕不會允許這種事。

由於芙列雅公主現身，想必對方料想得到這次也是我在背後穿針引線。

所以，他們肯定會把【砲】之勇者布列特找來。現在王國能動用的手牌要不是那個變態，就是除了【鷹眼】之外的三英雄。

我會還以顏色，凌遲他們、踐踏他們的尊嚴，讓他們跪下來央求我殺了他們。

為了這個目的……

「得先找到【賢者之石】才行。」

要追查【砲】之勇者的下落極為困難。畢竟不太可能得到身在其他國家的勇者的消息。

所以，我選擇把他引出來。

就趁這段等待期間打倒現任魔王，挖出他的心臟得到【賢者之石】。

最壞的結果就是失敗，然而只要擁有那個就可以【恢復】時間從頭來過，而這也是為了我可愛的戀人夏娃。

其中一個手段，就是征服黑翼族的使魔神鳥。

既然要挑戰魔王，那戰力自然是越多越好。在和【砲】之勇者對決時，神鳥應該也會派上用場。

今天先在這個城鎮待上一天，明天就出發吧。

話說回來，不知道【劍聖】現在怎樣了？

我教導了她那麼多男人的滋味，想必她的身體應該已經興奮難耐了才對。找個機會去疼愛她一下吧。

◇

從中午之後，我們就待在酒館。

這裡是卡爾曼在死前推薦給我的其中一間店。

「嗚哇～凱亞爾葛哥哥，這些料理好豐盛啊。」

「艾蓮，妳興奮過頭了。」

「剎那雖然嘴上這麼說，但也很興奮啊。妳們兩個都還是小孩子呢。」

「『輪不到妳說。』」

艾蓮、剎那還有夏娃這小孩子三人組相當興奮。

當我說艾蓮是我的妹妹之後，她們就對她很體貼，相處得很好。類型不同的三名美少女像這樣嬉鬧著，實在美不勝收。

「凱亞爾葛大人，我們增加了不少同伴呢。」

「是啊。」

一開始是和【術】之勇者芙列雅，不對，是和芙蕾雅兩人單獨展開的旅行。

然而現在有冰狼族的天才剎那。

黑翼族的魔王候補夏娃。

然後，吉歐拉爾王國第二公主，又是軍略的天才諾倫公主……應該說艾蓮。

除了這三名之外，還有現在分開行動的【劍聖】克蕾赫。

像這樣排開一看，這隊伍的成員都是箇中翹楚。

不僅全員都具有驚人的天賦，而且都是美少女，「那方面」的接受度也很高。

這肯定是因為我高尚的品格所致。

由於我一直以來都持續做對的事情，神明藉此鼓勵我要繼續努力。

只是，最近也開始變得辛苦了。

就算是我體力也不堪負荷，實在是應接不暇。

既然我中意剎那，況且她又需要提升等級上限，今後每天早上就以疼愛她為主，至於晚上就採輪流的方式吧。

這種方式似乎比較好，不會讓我厭倦。

「凱亞爾葛大人，你在想什麼嗎？」

「嗯，我在思考要怎麼做才能創造出一個讓大家都能幸福過活的世界。」

「世界和平嗎？真棒，凱亞爾葛大人！」

我沒有撒謊。

因為世界是為了我而存在。

我的幸福就等同於這世界的幸福。

「大家聽我說，明天我們就離開這城鎮。可以盡情點自己想吃的東西喔。」

當我說完的那一瞬間，剎那和夏娃這兩個飢餓兒童瞬間眼神大變，看起了菜單。

她們倆的教育水準都不錯，可以識字。

一道接一道，不斷點菜。

「那個……剎那小姐、夏娃小姐，妳們點那麼多吃得完嗎？」

艾蓮怯生生地開口提問。

「我們有五個人。一個人的分量不多。」

「艾蓮不知道什麼叫飢餓呢。呵呵呵，得趁能吃的時候盡量吃才行。」

她們兩人認真的表情實在很有意思，讓我不由得笑了出來。

妳們兩個就盡情點吧。

享受了多少，就讓妳們用身體來付清。

就這樣，我們度過了一段奢華的午餐時間。

◇

吃完中餐後，我們來到鎮上購物。

由於新加入了艾蓮這名成員，增加了各種所需用品。

我使用【模仿】搜尋了諾倫公主的記憶，發現她完全沒有戰鬥經驗。

儘管可以期待她的頭腦，但作為戰力完全不靠譜。

唯一的救贖是她身為王族，等級上限和等級都相當高，狀態值也不差。

話雖如此，要是不讓她習得最低限度的自衛能力可就傷腦筋了。

暫時就讓她陪同芙蕾雅和夏娃，一起參加剎那教官的地獄特訓吧。

這樣多少會變得比較靈活。

然後到了隔天。

今天我們總算要離開布拉尼可。

「好久不見了，馳龍。又要麻煩你啦，還有新人也是。」

兩頭馳龍發出了叫聲。

第二頭是在這個鎮上採買的。

原本剎那、芙蕾雅加上我，光是三個人就已經很擠了，現在又再加上了夏娃和艾蓮，僅僅一頭根本載不下。

馳龍在同種族之間，會有構成縱型社會的習性。

如果原本存在的個體實力堅強，那麼之後購買的個體也會表現出服從的態度。和我們一路旅行的馳龍被徹底訓練過，所以牠現在已把後輩當成自己的小弟。

「剎那，妳應該會騎馳龍吧？」

「嗯，交給剎那……可是，很傷心。剎那想要和凱亞爾葛大人一起。」

「對不起啦。但畢竟也沒有其他人可以駕馭馳龍。」

我把至今騎著的那頭馳龍交給剎那操控。

像這種騎不習慣的馳龍就得交給我來騎才行。

「芙蕾雅，妳和剎那一起坐那邊的馳龍。」

「是！我明白了！」

理由我就不說了。

為了要適當分散對馳龍的負擔，我挑了女性陣容中最重的芙蕾雅和剎那共乘，要是我這麼說的話，她肯定會鬧脾氣。

「夏娃和艾蓮來這邊。」

「知道了，凱亞爾葛。」

「我很開心可以和凱亞爾葛哥哥一起坐！」

如此這般，我們分頭乘坐兩頭馳龍。

艾蓮坐在馳龍的脖子和我之間，夏娃有點猶豫地從背後抱住我。

雖說很想念剎那可愛的背部和尾巴，以及芙蕾雅那柔軟的觸感，但這樣也挺新鮮的，還不錯。

嗯，我明明不是蘿莉控，但回過神來才發現隊伍的平均年齡一口氣下降了不少。要是發現優秀的美女，就研究一下要不要邀請她成為伙伴吧。

「好啦，我們走吧。目的地是東邊。夏娃，妳說途中會有村落對吧。」
「嗯，有黑翼族的獨立村落。」
「那麼，我們的目的地就是那了。」
就這樣，我們騎著兩頭馳龍並行奔跑。
等著吧，神鳥。我一定會收服你。
而在我得到神鳥之後，下一個就是魔王。
【賢者之石】這個保險是我的。
不對，與其把它當作保險，甚至還有更有趣的用途……
但不管怎麼說，還是很期待今後的發展。
布拉尼可離我們越來越遠。
我最後朝向城鎮回頭一望。
「卡爾曼，你曾說過總有一天會離開這城鎮，在全世界旅行採購商品，開一間很大的商店……我會連你的份一起遊歷這個世界。所以你就安心長眠吧。再見了，我的好友。」
我腦海裡浮現出故友的臉龐，向他道別。
「凱亞爾葛哥哥，卡爾曼是誰？」
「是我在這個城鎮結識的好友。他因為一個瘋子死去了。」
我對著瘋子……不，對著艾蓮投以微笑。

然而艾蓮卻事不關己地說「是這樣啊」。看來今晚為了卡爾曼，我得好好虐待妳一番。

我回過頭來，看向前方。

有種卡爾曼在對我微笑的感覺。

布拉尼可已經遠到幾乎看不見。

我騎著馳龍對著城鎮，也同時對著朋友告別，我的旅程今後也將會持續下去。

第二話 回復術士享受純愛

離開了布拉尼可的我們，為了得到夏娃他們黑翼族所崇敬的神鳥，朝著祭祀神鳥的村落前進。

由於太陽已經下山，所以我們準備在森林裡野營。

剎那和芙蕾雅教導夏娃，以及諾倫公主重生後的艾蓮她們兩人各式各樣的知識，同時設置著營地。

我則趁這段期間製作晚餐。

在布拉尼可時購買了大量的香料和調味料。

這種東西可以為旅行時的伙食增添變化。

今天會用大量的紅色鮮味煮一鍋辛辣的濃湯。

用從森林採來的山菜與蘑菇熬煮濃湯，再添加香料和肉乾。

肉乾是用至今的旅程中獵到的魔物肉燻製而成，而且全部都是含有適應因子的魔物。

我把含有適應因子的魔物肉加工成肉乾，帶了很多在身上。

這是為了在增加同伴時能馬上讓他們吃下，藉此提高天賦值而事先下的工夫。今天要為了讓夏娃和艾蓮吃下而加進濃湯。

「好啦，肉乾能熬出不錯的湯汁，這應該會很好吃喔。」

紅色的湯汁咕嘟咕嘟地滾開了。

在這個時候加入奶油。

一旦加入奶油，脂肪的膜就會包住舌頭，這樣就算味道辛辣也不會弄痛舌頭，可以美味地吃下肚。

「凱亞爾葛大人，我們搭好帳篷了。」

「辛苦了，剎那。我這邊也快要結束了喔。」

「有好香的味道。」

「肯定會煮得很好吃喔。」

味道濃稠又辛辣的料理，優點就是無論放什麼進去都會統合成一定的味道。

雖說為了健康也加進了具有強烈澀味的山菜，在湯汁的配合下應該還是能下嚥吧。

艾蓮站在剎那的後面。看來憔悴了不少。

「……旅行對艾蓮來說還是太過艱苦了啊。」

「不會，我不要緊的，凱亞爾葛哥哥。只要稍微休息一下的話……」

儘管步伐踉蹌，艾蓮還是故作堅強。

在她還是諾倫公主時只負責運用頭腦，旅行時也是待在最高級的馬車裡面優雅度過，對這樣的她來說，只是騎著馳龍奔馳也會感到疲憊。

「不需要勉強自己。慢慢習慣就好。只要繼續旅行下去，就會自然鍛鍊出體力。」

「是，我會加油的！不會給凱亞爾葛哥哥添麻煩！」

真是堅強。

剛洗腦芙蕾雅時也這麼覺得，就連諾倫也一樣，只要重置記憶稍微洗腦一下，就會變得相當可愛。

看來本性並沒有那麼腐爛。

是要怎麼做，才會讓芙列雅公主和諾倫公主培養出那種絕望的個性啊？

真想看看她們父母長什麼樣。不對，我已經看過了。

算了，反正總有一天我還會再去見吉歐拉爾王。

他也是我復仇的對象。

那傢伙是一切的元凶，絕不能讓他活下去。

對了，讓國民對那傢伙扔石頭殺死他吧。在粉碎他身為國王的尊嚴後，再讓他在眾人面前丟人現眼。

「好啦，飯煮好了。麻煩妳們幫我叫大家過來。」

「嗯，知道了。艾蓮，跟我來。」

「好，剎那。」

剎那微妙地擺出姊姊的姿態，並照顧著艾蓮。

她的個性原本就喜歡照顧別人，應該是想要個妹妹吧。況且已經成為真正的姊妹了，雖然說是肉棒姊妹啦。

我的所有物們能和睦相處，那自然再好不過。

過了一會兒之後，大家都聚集過來了。

……這時，我突然察覺到了一股氣息。

「抱歉了各位，晚餐待會兒再享用吧。似乎還能再追加一道菜。」

我設置為技能的【氣息察知】捕捉到了魔物的氣息。

在視野不佳的森林之中，我把從超一流遊俠身上【模仿】到的這個技能分配了上去，就是這招派上了用場。

這魔物的氣息還是第一次感覺到。

我不會放過能提高天賦值的機會。

而且……

「夏娃，跟過來，我們去狩獵魔物。我想見識妳的力量。」

我想確認一次夏娃的能力。

儘管我用【翡翠眼】看穿了她的能力，但她是否能運用自如則另當別論。

「嗯，好啊。就讓凱亞爾葛見識一下，我可不是累贅。」

夏娃露出得意的表情，張開了收納在長袍內的黑色羽翼。
就讓我見識那股自信是不是虛張聲勢吧。

我在森林中奔馳，夏娃則是展翅高飛，
真方便。我也想飛在空中，但那並不是用技能辦到的，所以我實在模仿不來。就算用【改良】改變模樣也有極限。
「夏娃，妳從那裡看得見嗎？」
「不要緊，我看得見。是像巨蜥一樣的魔物呢。」
夏娃的視力似乎很好。
在距離一百公尺以上的魔物都能確切用眼睛捕捉。
我想起了夏娃的技能。
夏娃的技能共有四項。

・暗黑魔術Ｌｖ２
・神聖魔術Ｌｖ２

・黑翼武鬥Ｌｖ２
・眷屬召喚Ｌｖ１

能運用光與闇這兩種超級稀有的屬性、擁有將飛行技術融入其中的獨特武術、再加上能召喚出寄宿在自己羽翼上的死亡黑翼族靈魂，作為撒手鐗的召喚魔術。

技能實在是太優遇了。而且合計天賦值高達６００，凌駕於所有勇者之上。

光的直接攻擊力非常優秀。待會兒夏娃要使用的八成是光之魔術。

「好好見識我的力量吧。只要不是被人偷襲，那我就不會輸給任何人！」

她停在半空，將手筆直地伸往巨蜥所在的方向。

然後製造出了白色的光球。

「去吧！【光之箭】！」

夏娃大喊一聲，白色球體便釋放出白色的閃光。

閃光以光速一直線延伸過去。貫穿樹木擊中地面，發出了巨大的聲響。

真是驚人的魔術。

畢竟是以光速沿著彈道筆直前進。威力也相當可觀。

實在不想與她為敵。畢竟要迴避這招極為困難，堪稱是最強等級的攻擊魔術。

【神聖魔術】已經確實地【模仿】過來了，就讓我有效利用吧。

「真厲害啊，夏娃。」

「對吧？」

「不過，使用者拙劣到魔術都在哭泣呢。是要怎麼樣才會讓筆直前進的魔術打偏啊？打從瞄準就很有問題喔。」

即使是幾近犯規的強力魔術，使用者笨拙的話就無意義可言。

「嗚！閉嘴啦！下次就會打中了！」

魔術著彈地點距離巨蜥偏離了五公尺。

巨蜥靜止不動。換句話說，打從一開始就瞄歪了。

儘管夏娃的魔力量和攻擊力都超乎規格，但在控制方面過於粗枝大葉。

夏娃滿臉通紅，開始連射魔術。

這也很讓人驚訝，連射速度實在驚人。明明每一發蘊含的魔力量都非比尋常，卻能以這樣的步調連發魔術。

然而，越是焦急就越射不中。

因此到頭來，白白耗盡了魔力。

「咿呀～～」

夏娃發出可愛的聲音從空中墜落，我接住了她。

看來魔力缺乏症相當嚴重。

我露出苦笑，將恢復魔力的恢復藥含在嘴裡，用嘴對嘴的方式餵給夏娃。

用一般的方式倒進嘴裡喝不進去。由於狀況危急，我只好採取緊急措施。

夏娃無神的眼中恢復了生氣。

「你……你做什麼啊！」

被推開了。

「因為某人犯下引發魔力缺乏症這種新手才會犯的愚蠢失態，所以我才會餵她喝下魔力恢復藥。要是放任不管，很有可能會對大腦留下損傷喔。」

「嗚……那個，抱歉把你推開。」

夏娃紅著臉轉過身去，用手指摸著嘴唇。

嗯，意外地提高了好感度。

這是面對喜愛的對象才會做出的舉動。如果她討厭的話應該會更加抗拒……說不定是時候進入下一個階段了。

只能偷窺我的性交過程慰藉自己，夏娃應該對此也感到厭倦了。

「算了，總之把巨蜥收拾掉了。」

「咦？是嗎！咳……我……我瞄得果然精準！」

一瞬間眼睛亮了一下，然後又拚命地矇混過去。

真是可悲的傢伙。

不過很有趣。嗯，原來如此，我很享受和夏娃之間的相處方式。

如果只是要把夏娃變成我的所有物，那應該有更簡單的方法。但是我卻玩起遊戲，拐彎抹角地和她加深感情，讓她對性產生興趣，設計好讓她自然地主動向我求歡。

該怎麼說呢？用【改良】或是藥物將她的腦袋搞成一片空白，再洗腦她也是別有一番樂趣，但這樣實在很沒意思，到時候只會出現千篇一律的反應。

像芙蕾雅和艾蓮的確是可愛又聽話的寵物，也願意取悅我。但光是這樣做總有一天會膩。

所以，我對剎那和夏娃沒有進行任何【改良】，也沒用藥物來操作記憶或進行洗腦。儘管多少會費點工夫，但我的用意就是讓她們以自己的意志愛上我。

該怎麼表達這種感情才好呢……記得有個很適合的詞彙。

對了，這就叫作純愛。

我在享受純愛。

「是嗎，結果和妳計畫的一樣啊。但巨蜥只是被餘波炸飛的塵土活生生掩埋，根本沒有命中喔。夏娃，妳還是去向芙蕾雅拜師學藝吧。她在魔術這方面是個天才。現在的夏娃根本就是徹頭徹尾浪費出眾的天賦。不僅胡亂瞄準，構築的術式也過於馬虎，這樣不僅對魔術迴路會造成影響，威力也會衰減。這是最爛的魔術。稍微學一下怎麼控制吧。」

「嗚嗚嗚，凱亞爾葛太壞心了啦。」

微妙地鬧著彆扭。

這樣的夏娃實在可愛，我不禁溫柔地摸著她的頭。

結果她一瞬間露出喜不自勝的表情，然而卻在下一瞬間羞恥心作祟。將我的手給撥開了。

這就是所謂的傲嬌吧。

回收窒息而死的巨蜥之後就回去吧。

巨蜥的適應因子有提高速度天賦值的效果。

巨蜥的尾巴柔嫩又富有鮮味，就切片做成串燒分給大家吃吧。這可是美味佳餚，大家應該會很高興。

◇

添加了肉乾、山菜和蘑菇的辛辣濃湯，還有巨蜥尾巴做成的串燒都非常美味。

大家吃得比平常更加津津有味。

在開始用餐前，筋疲力盡到什麼都吃不下的艾蓮也被辛香料的味道激起食欲，甚至要求再來一碗。

「我吃飽了。好好吃喔！不過，為什麼明明有這麼多女孩子，卻是凱亞爾葛哥哥在煮飯呢？」

艾蓮天真無邪地提出質疑，大家聽了後都露出了尷尬的表情。

「剎那也會煮飯。不過和凱亞爾葛大人不同，剎那只會烤熟後加上鹽巴，或是燙過之後加上鹽巴。那就是冰狼流的做法。凱亞爾葛大人做的要好吃太多了。」

「很遺憾，我不會煮飯。」

「我不是不會煮喔。不……不過，我是想說要讓凱亞爾葛表現一下啦！」

在這裡的女性們都不會煮飯。

曾為公主的芙蕾雅，還有成長過程備受呵護的大小姐夏娃。

剎那會做是會做，但她的想法是只要能吃就行，所以並不好吃。

所以自然是由我來煮。

在旅行時，能煮出一手美味佳餚尤其重要。要是只能吃難吃的食物，心情就會散漫，變得越來越緊繃。

若要舒適地旅行，料理絕對有其必要。

「原來是這樣啊。凱亞爾葛哥哥好厲害！也請教我怎麼煮飯！」

「沒問題。我們下次就一起煮吧。」

「我們約好了喔，凱亞爾葛哥哥！」

真是可愛的傢伙。有個妹妹也不壞。

◇

晚上，我在帳逢中從事每日的例行公事。

「凱亞爾葛大人、凱亞爾葛大人！」

我盡情地疼愛了芙蕾雅。

如果像以往那樣每天疼愛所有人，我的體力實在吃不消，用輪班制果然是正確答案。

這樣會更有樂趣。

不知道是不是變成芙列雅狗時覺醒了特殊的癖好，她現在很中意四腳趴在地上被激烈對待。

原本就有的被虐體質變得更加顯著。

每當我拍打屁股，她的蜜壺就會變得更加緊縮。

算了，反正拍打這女人也挺合我胃口，就配合她的興趣吧。

「好痛！可是，好舒服！」

「是嗎？那我就再激烈一點。」

就按照妳的期望好好欺負妳吧。

我用幾乎要頂破的力道頂向子宮，她就發出了宛如動物的叫聲弓起身子。

「今天果然也來了啊。」

隨著人數增加的不只是馳龍。

帳篷也變成了兩個。

分配的方法很簡單，分成當天我要和寵愛的女孩一起過夜的帳篷，還有其他成員一起睡的帳篷。

一言以蔽之，現在我所在的這個帳篷就是打砲專用。

這帳篷的入口稍微開了一點，夏娃正從外面偷看。

豎起耳朵仔細傾聽，就可以聽見外面傳來翻攪重要部位的水聲。

想必她一如往常，正拿我當作慰藉材料安慰自己。

……平常我會放任她不管，但從早上那件事後，我察覺到她已經對我有相當的好感。

所以，今天要更進一步。

我充分地滿足了芙蕾雅後，迅速地前往帳篷入口，揪住了偷窺狂的脖子，將人拉進帳篷。

「咦？凱……凱亞爾葛？那個，這是，不是啦，完全不是那樣，誤會了……」

夏娃語無倫次地辯解著，但手還是濕的，內褲也都脫掉了，事到如今再說什麼都毫無說服力可言。

「在外面的話會被蟲咬吧。要看的話就在這裡看。」

「不是啦，那個……這樣也太奇怪了吧。」

「事到如今還說什麼啊？妳平常不就一直偷窺我的情事一邊自慰嗎？今天也像以前那樣去做就好。」

夏娃滿臉通紅，使勁地張開黑色羽翼。

……都做得那麼明目張膽了，這女孩該不會真的以為我一直都沒有發現吧？

雖然隻字不提，但剎那和芙蕾雅也早已知情。

「你……你在說什麼？」

「我怎麼可能沒發現啊，妳這個悶騷色胚。」

「嗚嗚嗚嗚，嗚嗚嗚嗚嗚，嗚哇啊啊啊啊啊！」

啊，居然哭了。

是會想哭沒錯啦。

不過這樣有點可愛。

「妳對這種事情有興趣也是無可厚非。我不打算責備妳。對了，乾脆一起參加如何？」

「不……不用了！」

看來要進展到那步還太早了。

「那不如讓我來幫妳吧。」

「咦？」

我用手指撫弄夏娃的肉體。

她沒有抵抗。

「我不會和妳做愛。妳平常不是都會自己摸嗎？只不過是把那換成我的手。這和以前沒什麼區別，都只不過是自慰而已。」

「和以前……沒有區別？」

「沒錯，一樣。只是讓妳覺得舒服的媒介換成我而已。這樣可以吧？」

「……那……那樣的話或許可以。絕對，不可以對我做色色的事喔。」

「嗯，我跟妳約定。」

其實就算不透過下半身，也和色色的事沒啥兩樣，她現在腦子已經一團亂了。

今天是真的不會做到最後一步，就先滿足於手帶來的感觸吧。

我脫掉夏娃溼潤的內褲。

意識到自己長著薄薄一層毛的性器裸露在外，夏娃頓時滿臉通紅。

我將手指在上面滑動後，簡直就像是要引誘我進入裡面似的，原本緊閉的祕裂張開了。

當我開始磨蹭性器，她就吐出了溫熱的氣息，於是我用空著的左手捲起她的上衣，開始揉起胸部、撥動乳頭。

哦，原來夏娃是穿衣服比較顯瘦的類型，胸部意外地大，而且肌膚滑嫩的觸感十分棒。

光是溫柔地撫摸好像還不夠似的，夏娃用苦悶的眼神看著我。

我把手指深入後，她便弓起身子。

我一點一點地摸索夏娃的敏感地點，展開攻勢。

「凱亞爾葛，身體……好熱喔。」

「是啊，真的很熱。」

夏娃的肉壺熱到我都快要燙傷了。

不僅本人很好懂，就連這裡也淺顯易懂。

不出片刻，我已掌握到弱點。剎那喜歡淺的部位，而夏娃好像是喜歡較深的地方。

當我重點式地挑逗那裡後，她發出了大聲的嬌喘。

我慢慢加強力道，於是……

「凱亞爾葛啊啊啊啊啊啊啊啊！」

夏娃使勁地抱住我讓全身感受這個餘韻，接著虛脫無力。

我抽出手指，發現上面牽著一絲愛液。

「今天就做到這裡吧。」

還想繼續做下去。

我的股間已經漲到無法平息。

儘管我想用夏娃的肉體來平息這股欲望，但這樣做等於是背叛她。

現在重要的是造成既定事實。

下次她就會堂堂正正地待在同一個帳篷觀察我們的行為，到時我的每日任務就是負責慰藉夏娃。讓她在貴賓席見識各種行為也不錯。

再來就是要一點一點地引導她。下次開始也用舌頭吧。

這樣一來，她總有一天會無法滿足用手製造的快感，而主動渴求我。

夏娃肯定會這樣做。她生性害羞，一定說不出自己已經忍耐不了，而是會說喜歡我希望我擁抱她之類的，用一些冠冕堂皇的理由好說服自己。這樣我和她就能順理成章成為一對戀人。

真令人期待。畢竟夏娃真的很值得捉弄。

雖說很想馬上吃掉她，但我得忍耐才行。

越是忍耐，就會變得越是美味。

「而且，這是純愛啊。」

啊啊，純愛。

這是何等優美的詞彙。

「芙蕾雅，夏娃害我又變得雄偉起來了。讓我發洩一番吧。」

「好的，請擁抱我，凱亞爾葛大人。」

儘管芙蕾雅已累倒在床上，我依然再度挺進她的體內。

芙蕾雅似乎也因為看到夏娃高潮而興奮，我疼愛她都過了一段時間，但裡面依然溫熱。

夏娃在近距離看得出神。

露出一副想要的神情，羨慕地看著我進出芙蕾雅的體內。

芙蕾雅開始淫亂起來，彷彿要秀給夏娃看似的。

然後，我在芙蕾雅的體內傾瀉精液。

看著芙蕾雅的蜜壺流出精液，夏娃吞了一口口水。

「好啦，結束了，回帳篷去吧。還是說妳打算繼續？」

「別……別開玩笑了。我馬上回去！」

夏娃慌忙地穿好衣服，離開了帳篷。

她肯定不會馬上回帳篷，而是會用手淫慰藉完自己後才回去吧。

像這種地方真的是很值得捉弄。明天早上就佯裝我都看在眼裡，好好調侃她吧。

像這種真誠的愛實在很不錯。

第三話 回復術士造訪崇敬神鳥的村落

我心情愉悅地騎著馳龍奔馳。

我一直保持耐心，小心經營我跟夏娃之間的關係，如今總算向前邁進了一步。我用這雙手盡情地享受了夏娃的身體。

汗水淋漓的肌膚、吸附在掌心的觸感、如同要被燙傷的火燙媚肉，光是回想就讓我興奮不已。

有好幾次都差點失去理性襲擊她，但我總算忍住。

要是這時候出手，至今為止的辛苦都將化為泡影。

只要按部就班發展下去，總有一天能進展到最後一步。

就連這種焦躁和難耐的情緒，我肯定也能樂在其中。

這就是我的純愛。

「夏娃，現在前進的方向是朝著我們要去的村子對吧？」

「嗯，朝這邊沒錯！」

目前有兩頭馳龍正在奔馳。

第一頭是由剎那駕馭，芙蕾雅坐在上頭。

第二頭則是由帶著夏娃和艾蓮的我駕馭。

由於封印著神鳥的場所只有夏娃知曉，因此帶路便是她的職責。

為了避免被馳龍甩下，夏娃抱住我的力道變得比昨天更強。緊緊貼著的感覺更加明顯。

想必是因為昨天那件事的影響吧。

看來夏娃也同樣覺得難耐。

「夏娃，那個村落的居民會很好戰嗎？」

原本人類就是和魔族互相敵對。

像布拉尼可那種人類和魔族共存的狀況反而異常。

在靠近村落的那一瞬間，就遭到對方攻擊也不足為奇。

正確說法是，這種可能性反而更高。

「只要有我在就不要緊啦。畢竟我可是莉絲家的獨生女啊！」

夏娃的本名是夏娃·莉絲。

原本我從夏娃的行為舉止就推測她是個千金大小姐，果然是出生於名門啊。這樣的話就放心了。

只要表明我們是為了保護夏娃不受魔王襲擊，並讓她當上魔王而來接受神鳥儀式，應該就不會受到妨礙。

黑翼族反而應該要歡迎我們，盛大招待我們。因為我正是夏娃的救世主，還是她未來的主人。

「夏娃，我想問一件事。」

「凱亞爾葛，怎麼了？」

「我們現在的關係可以稱得上是一對戀人吧？」

「咳！」

背後傳來了用力咳嗽的聲音。

真奇怪。明明我不覺得自己問了什麼話讓她這麼動搖啊。

不只是夏娃，就連眼前的桃色秀髮也輕飄飄地膨脹了起來。

夾在馳龍的脖子和我之間的諾倫公主……不對，艾蓮鼓起臉頰，轉過頭來。看來她也很在意我剛才的發言。

然後，騎著另一頭馳龍並行奔馳的剎那，也抖動著她那純白的狼耳。這個舉動代表她絕對不會聽漏任何一句話。

「凱亞爾葛，你突然問這什麼話啊！害我嚇到了啦！」

「對啊，凱亞爾葛哥哥，只有夏娃小姐這樣太狡猾了！」

「艾蓮，妳要抱怨的是那種地方嗎？這樣不對吧！」

「夏娃小姐，不可以偷跑喔！我不允許妳獨占凱亞爾葛哥哥。」

害我差點噴出聲音。

艾蓮莫名地親近，讓我感到有點不是滋味。

雖說我把她當自己妹妹對待，但區區所有物居然對我產生獨占欲，太傲慢了。

深呼吸。先冷靜下來吧。

……還勉強在容許範圍內。

原本以為這樣挺有意思才把她塑造成自己的妹妹，但現在看來或許是個失策。要是她變得太不可理喻，就「教育」她吧。

不過會撒嬌的妹妹也是有其可愛的地方。

該怎麼說，就是煩得可愛吧。這也別有一番樂趣，我開始覺得就這樣捨棄掉也很可惜，真傷腦筋。

算了，值得慶幸的是她原本是諾倫公主，就算弄壞也沒關係，

不能太過強硬地玩弄，而是透過適當的「教育」，把她調教成我喜歡的類型。

「艾蓮是我的東西喔。當然剎那和芙蕾雅也是，所以我不會說出口。我相信妳們對我的愛。甚至根本就不需要去問……今天輪到妳了。我會盡情疼愛妳，這樣妳就會明白了。」

「凱亞爾葛哥哥～」

艾蓮發出陶醉的聲音後靠在我的身上。

芙蕾雅、剎那還有艾蓮都已經是我的所有物了。

過於沉迷夏娃而不重視她們，讓她們起了這樣的念頭，都歸咎於我領導無方。為了不讓她們感到不安，我之後會徹底疼愛她們。

至於身為話題重點的夏娃，看來是煩惱過度，讓腦袋過熱了。

不對，看來她總算得到答案了。

「等一下，雖然我遲疑了一下，但不是啊！我和凱亞爾葛只是普通朋友啦！」

哦，稍微前進了。

原本還以為她會說我只是個傭兵，想不到居然會稱呼我為朋友。

「真奇怪。昨晚我們明明那麼相愛，夏娃會讓普通朋友對妳做那種事啊？黑翼族還真是開放。這樣的貞操觀念沒有問題嗎？」

我半開玩笑地這麼說後，夏娃滿臉通紅。

「怎麼可能啦！是因為對方是凱亞爾葛，啊！不對，我不是那個意思，啊啊，真是的！凱亞爾葛是……凱亞爾葛是……」

她恐怕連自己都不是很清楚自己的感情吧。真值得戲弄。

「況且基本上，凱亞爾葛太三心二意了。到底想讓多少女孩子伺候你啊？要是你能更真誠一點，那我就……」

夏娃這樣說完後，又開始驚慌失措。

真的很有趣。

「我明白妳想說什麼，但我這樣就行了。像這樣才能讓大家都獲得幸福。」

「……我不懂你的意思啦。」

嗯，那我就仔細地解釋給妳聽吧。

要慎選夏娃也能容易接受的說法。

「聽好嘍，如果是只能讓一個人幸福的男人，那麼那傢伙還是只愛一個人就好。但我不同。無論是幾個人，我都有讓所有人同時幸福的器量。而且我還能讓她們比在其他男人身邊更加幸福。要是這樣的我只選擇一個對象，妳不認為這更不真誠嗎？這樣會讓所有沒被我選擇的女人變得不幸。那可是犯罪啊。」

夏娃不屑地瞪著我。

我說了什麼奇怪的話嗎？

我不是很懂。能讓許多女性獲得幸福的男人就該讓許多女性幸福。應該沒有比這更簡單明瞭的說明了。

「唉，算了。為什麼我會對這種人……嗚嗚嗚嗚……」

未來總有一天，夏娃也肯定會理解的。

我會珍惜所有物。

不僅會保護她們，也不會讓她們感到不自在，會一直愛著她們。

真期待夏娃變成我的所有物的那天到來。

◇

在那之後，我們野營休息了一天，重新出發。

當太陽快下山的時候，夏娃大喊：

「到了喔。這裡就是祭祀神鳥的村落——畢索普！……凱亞爾葛，答應我，絕對不要在這裡製造麻煩喔。因為這裡是故鄉遭到毀滅的黑翼族，最後的棲身之處。」

我記得黑翼族是因為受魔王妒恨，導致國家遭到摧毀。

倖存者分散在世界各地，相信身為魔王候補的夏娃總有一天會成為新的魔王並持續獻上祈禱，悄悄躲藏在不為人知的地方生活。

「為什麼這麼多的黑翼族會逍遙地聚集在同一個地方？這樣簡直就是在要求魔王快點來滅族啊。」

我在意的是這點。

聚集在一個村落根本是自殺行為。

「這裡沒有一般的黑翼族喔。所有人都是巫女家族。她們雖然無法支配神鳥但可以向牠請求。雖說不是絕對願意過來，不過神鳥也曾經來幫助過她們。所以魔王軍也因為害怕不敢靠近這裡……反過來說，神鳥何時會一時興起殺死黑翼族的族人也不足為奇，所以除了比較可能把聲音傳達給神鳥的巫女家族以外，其他人都不會接近這裡。」

換句話說，就是把危險的雙面刃吧。

然後我得到了一件好消息。

連現任魔王都畏懼神鳥。

換句話說，只要能得到牠就等於擁有一項強大的武器。

不僅如此，我身為鍊金術士的知識告訴我。

用神鳥的羽毛以及血肉作為原料製成的恢復藥，不僅是至高無上的治療藥，同時也是窮凶惡極的毒藥。

我可以做出有史以來最出色的恢復藥。

只要擁有它，我就能做更愉快的事情！

這簡直太棒了！

幸好我得到了夏娃。她本人不僅具有戰力，身為女人也是一樣出色。更何況她居然還讓我得到名為神鳥的最棒獎勵。

我下意識地撫摸了夏娃的黑髮。

「討厭！凱亞爾葛你幹什麼啦！」

她並不討厭我這麼做，而是害羞地把臉別了過去。

看起來，我在獲得神鳥的那一刻就能攻陷她。沒錯，我的直覺是這樣說的。

真希望快點看到因我的下體而滿足的夏娃。

一旦得到夏娃，就在神鳥的見證下和她來場男歡女愛吧。

那樣的光景感覺會非常神祕，無比美妙。

此時，突然有箭朝這邊飛來，我將其砍斷。

有另外一支箭飛向剎那的方向，她也輕鬆地將其砍斷。

啊啊，真讓人不快。難得我正在想像我和夏娃的美好未來，心情正好耶。

回過神來，才發現我們已經被數名手持弓箭和法杖的黑翼集團團團包圍。

嗯，我居然沒發現有人接近到這種距離，想必是用非常高端的術式或是技能消除了氣息吧。真想【模仿】一下，感覺是很方便的能力。

一個像是領導者的年邁男性開口說道：

「臭小子，放開夏娃公主！」

噢，看來是誤會了。

「夏娃，我可以把這些傢伙全都殺了嗎？」

「當然不行啦！」

「那妳就盡全力說服他們吧……我會以不殺死他們為前提盡最大努力，但無法保證。我是個好人，很能忍耐，而且慈悲為懷，但是一旦危害到我和我的女人，就決不寬待。妳應該很清楚吧？」

夏娃吞了口口水。

然後用堅毅的神情望向眼前的同伴。

好啦，讓我見識妳的本領吧。

第四話 回復術士低喃著愛語

祭祀神鳥的村落用粗魯的手段歡迎我們。

平常的話會讓他們嘗到報應，迅速地趕盡殺絕。

不過好說歹說，他們也是夏娃想要保護的對象。

心胸寬大的我決定原諒他們這一次。

黑翼族運氣真好。這次是因為遇上了心地善良的我才能平安無事，否則他們就算被趕盡殺絕也不能有任何怨言。

話雖如此，要是夏娃無法說服他們，我就會毫不猶豫誅殺所有人。就算是心胸寬廣如大海的我，也不會再原諒第二次。

……全部殺光後，要安慰夏娃得費一番工夫啊。

難得關係變好，要是被討厭可就難受了。

她說不定不會原諒我吧。最糟的狀況，會害我必須捨棄純愛路線。

「夏娃，加油啊。」

我跳下馳龍，向著宛如要保護我一樣往前攤開雙手的夏娃背影聲援她。

夏娃用力地張開羽翼。那就是她以自己的風格做出的回答吧。

「我是莉絲家之女，夏娃．莉絲。請大家冷靜，這幾個人不是敵人，而是救了我的恩人！」

黑翼族的人開始鼓譟起來。

儘管夏娃這麼說，但人類就是敵人。他們會懷疑也是無可厚非。

「求求你們，相信我！不要傷害這幾個人！」

夏娃拚命地說服族人。

我猜，她這麼做並不是在擔心我的安危。

她清楚只要我有那個心就能毫髮無傷地從這裡脫困。不如說她是在擔心黑翼族的安危。

真是明智的判斷。要是再次對我出手，就是他們的末日。

其實我也正在為此進行準備。因為我這個人生性多疑、思深憂遠，從剛才開始就一點一點地架構著特別的術式，為的就是有效率地殺光他們。

簡而言之，就是未雨綢繆啦。

聽到夏娃這番話，身為黑翼族領導人物的那名年邁男性走到了夏娃面前。

「夏娃公主，真是好久不見。由於護衛突然不再傳來定期聯絡……我還以為您已經落入了敵方手裡。」

「只有我一人的話應該早就被殺了。多虧有這個名叫凱亞爾葛的人救我，才能像這樣再見到大家一面。」

夏娃選擇布拉尼可作為藏身之處。

然而，在她抵達布拉尼可之前，護衛就遭到殺害，儘管夏娃孤身一人勉強抵達布拉尼可，但拙劣的變裝立刻就被識破，還差點喪命。

「夏娃公主，請容我斗膽提問兩件事。首先第一件事，為什麼人類會幫助您呢？我完全摸不透這個理由……恕我直言，黑翼族的財產幾乎被洗劫一空，手邊也沒有讓人類感興趣的魔道具。我們無法支付他任何報酬。不僅如此，我們的肉體本身對人類而言，更是具有高級價值的商品。如果他打算擒住夏娃公主倒是還能理解，但我實在不認為他會救您……」

他們懷疑我之所以會救夏娃，是為了欺騙她，好讓她帶我來到這個村落，將黑翼族趕盡殺絕。

如果我是獵人，那與其抓住夏娃一人，倒不如讓她帶我到黑翼族的巢穴，將所有人殺光，這樣會比較有賺頭，一般人會想這麼做也是理所當然。

黑翼族的屍體相當值錢。

是非常適合用來製作魔道具的素材。雖說夏娃沒有發現，但我偶爾會去撿從她翅膀脫落的羽毛。

那很適合附加魔力，又容易附加概念上去，是最棒的媒介。

好啦，夏娃會怎麼回答這個問題呢？

「我不知道凱亞爾葛為什麼會救我，所以凱亞爾葛幫我回答吧。」

「把問題直接丟給我？」

不小心就順勢吐嘈了。

夏娃說不定意外地單純。

明明自信滿滿地說交給她說服即可，但居然這麼乾脆就把球丟給我。

沒辦法了，好好回答吧。

「理由有兩個。第一個是我迷上了夏娃。因為我想要這個女人才出手救了她。而且我是個紳士，並沒有要求她報答我的恩情，也沒有對她出手，而是花費時間追求她。」

夏娃滿臉通紅，嘴巴不斷開合。

嗯，明明我都若無其事地說過喜歡她，現在只不過是說迷上了而已，有什麼好驚訝的？

年邁的男性聽到這過於意外的回答，張著大嘴愣在那裡。

「另外一點，就是我想殺死魔王。待在被魔王盯上的夏娃身邊，對想要接近魔王的我而言可說是最佳選擇。如你所見，我是勇者，所以想殺死魔王也沒什麼好不可思議吧？」

我秀出平常用化妝隱藏在手背上的勇者紋章。

年邁的男性倒吸了一口氣。

那是魔族及魔物的天敵，人類方最強的暴力裝置。

他會對我心生戒備也是無可厚非。

「希望你別誤會，我可不會因為對方是魔族，就不管三七二十一襲擊過去。我的目標只有現任魔王。為了和平，我希望能讓夏娃當上下一任魔王。夏娃至少還是和人類一方有交涉餘地的魔王。為了人類與魔族之間的和平，我衷心希望她能當上魔王。」

這是我的肺腑之言。

讓夏娃當上魔王，對我來說非常方便。

這部分和黑翼族的利害關係一致。

年邁的男性絞盡腦汁，思考我所說的話是否屬實。

「你救了夏娃公主，這點我向你道謝。然而，我實在無法相信你。」

「老實說吧。你要不要相信我只不過是瑣碎的小事。要是我有那個意思，可以從正面把你們全都殺光。就算提防也沒用，因為我根本沒理由騙你們。」

要先把誰握有主導權好好講清楚。

整握著生殺大權的人是我。

「看來並不是虛張聲勢啊。你是打從心裡認定自己能戰勝我們。」

「當然了。要是不強的話，夏娃早就被魔王的刺客搶走了。再說一次，我是因為喜歡夏娃才保護她，不想讓她難過……所以，希望你們別讓我做出讓夏娃傷心的事情。」

這是威脅。

意思是如果要與我為敵，就殺了你們。

「……明白了。我就相信你吧。那麼夏娃公主，我還有一件事情想請教。您是為何而來到這裡的？」

好啦，從現在開始才要進入正題。

「我是要和他們幾位一起接受神鳥咖喇杜力烏斯的試煉才來的。再繼續像這樣畏懼魔王四處逃竄，總有一天還是會被抓住。所以我們要得到神鳥，轉守為攻！」

剛剛已經十分動搖的黑翼族又更加動搖。

「不……不可能的。夏娃公主您也很清楚吧。至今為止已經不知道有多少高手去挑戰試煉，但不僅無人成功，甚至沒有一個人回來過！」

「但是莉絲家的始祖就辦到了！那麼我不可能辦不到。更何況我還有強大的幫手。」

哦，這話講得真是動聽。

夏娃這麼信賴我，真讓人開心。

「不成。您是我們的希望。只要忍氣吞聲暫時躲藏，等總有一天成為魔王，黑翼族就能取回過去的榮耀。所以請您先忍耐吧。」

「……不可能每次都能順利逃開對方的追捕。這點我自己最清楚。要是沒遇見凱亞爾葛的話我已經死了。不知道有多少人為了保護我而死。我想，這大概是第一次，也是最後一次的反擊機會。我不想就這樣錯過。」

真讓我驚訝。

原本還以為她是被我鼓吹才心不甘情不願地來接受神鳥的試煉，看來她有自己好好思考過，才以自己的意志下定決心挑戰神鳥的試煉。

「夏娃公主，可是，可是……」

「放心吧。我已經變強了。況且就我所知，這個人比我目前遇到的任何人都更強……我不會要你們迎接我們進村。但至少讓我們直接前往神鳥所在的靈峰，別來阻撓我們。」

年邁的男性閉上眼睛，開始深思。

然後他睜開了雙眼，吐了長長的一口氣。

「您成長了呢，夏娃公主……如果是因為那個男人而成長，或許可以相信你們能辦到吧。但既然要挑戰試煉，就得做好萬全的準備，需要先好好休息。我就帶各位到村子裡吧。儘管沒辦法幫上什麼忙，但我們會抱著最大的敬意款待各位。」

「謝謝你，米爾爺。」

「您總算願意用那個名字叫我了。老朽很開心喔。各位，招待這幾位貴賓進村。」

聽見了這句話後，黑翼族開始行動。

哎呀哎呀，總算是順利說服了。

幸好對方的想法意外圓滑。多虧如此，無須發生讓夏娃厭惡的事態。

年邁男子……米爾爺轉過頭來，交互看著我跟夏娃的臉。

「那麼，夏娃公主。這名男子……凱亞爾葛大人說他迷戀上了夏娃公主，請問夏娃公主您是怎麼想的呢？」

突然被問到這個問題，夏娃慌慌張張地看著我的臉。

我對著她莞爾一笑。

我可不會幫妳喔，畢竟夏娃的心情就只有她自己知道。

「朋友以上，戀人未滿啦！」

夏娃臉頰漲紅，講出的台詞讓人難以言喻。

米爾爺和我都笑了出來。

這樣啊，朋友以上，戀人未滿啊。明明昨天還是朋友，今天又提高了一個階級。

那麼，今後我得努力讓我們早日變成戀人才行。

我一邊思考著這種事，同時撫摸夏娃的頭稱讚她做得好。夏娃雖然被摸但也沒有厭惡。

第五話 回復術士變成心地善良的凱亞爾葛大人

我們被招待至黑翼族的倖存者居住的村落，這裡祭祀著神鳥。

要接受神鳥的試煉，似乎和星辰運行有關，因此我們還得再等上幾天。

能在那之前以此處作為據點歇息，實在是感激不盡。

我們白天會在外頭提升等級，並吃下能吸收天賦值的魔物，一步一步變強。

開始認真看待試煉的我們，不想錯失任何能提高等級的機會。

「不過話說回來……這村落的生活並不寬裕呢。」

我環顧著黑翼族的村落，如此低喃。

所有村民都很消瘦，一臉無精打采。米爾爺聽見後回答了我的問題。

「這一帶的土地貧瘠，作物的收穫量稀少。即使我們試圖仰賴森林的恩惠，但盡是一些強力的魔物，無論透過狩獵還是採收，量都始終不足。如果能像其他魔族一樣使喚魔族那倒還好，但是我們黑翼族唯一能使喚的魔物，也就只有神鳥大人，實在是無能為力。」

原來如此，雖然他們努力從事農耕，但收穫量不足，除此之外也幾乎沒有手段獲取糧食。

他們至今為止，恐怕都有得到黑翼族國家提供的支援吧。

自從失去了同族的支援生活自然變得困苦，話雖如此，他們也無法逃到其他國家。

「我了解狀況了。夏娃，妳好歹也被他們稱為公主，想必妳的地位很高吧？」

「你的講法好討厭喔。」

「我沒有惡意，但妳不認為既然身為一名公主，就有義務拯救妳的人民嗎？」

我的個性其實還滿勤快的，所以決定要提高夏娃對我的好感度。

為了要舒適地在這個村落生活，也順便改善黑翼族對我的觀感吧。

「你該不會是打算……」

「我們去狩獵吧。如果能獵到熊或是巨大的野豬，那應該就夠村民吃了吧。在來的路上我觀察了一下山裡的狀況，像這種森林肯定有能食用的野獸。就我所見，這裡的人口頂多一百人出頭。只要夏娃努力狩獵，就能讓所有村民盡情吃個飽。」

如果是大型的野豬，體重可達兩百五十公斤。

可以食用的部位約為六成，有一百五十公斤。

只要有這麼多的肉，就可以讓所有人盡情吃肉吃到飽。獵個三頭的話，想必就能暫時解決溫飽的問題。

這些村民每天只能艱苦地忍耐著這一切，要是能為他們的生活提供一點變化，想必也可以鼓舞士氣。

米爾爺瞪大雙眼。

「實在不勝感激！如果能取得鮮肉久違地飽餐一頓，想必大家都會開心！」

「敬請期待吧。我很擅長狩獵。我們的隊伍在野營時煮的飯基本上都是從當地直接調度。」

除了要提高夏娃和村民對我的好感之外，我只是純粹想吃到美食。在這種貧瘠的村落就算竭盡全力招待我們也程度有限，更何況勉強他們提供食物也很尷尬，根本食不知味。

所以，要反過來由我們款待他們食物。

「真可疑，凱亞爾葛居然會說出這麼正派的話。」

「真過分，居然懷疑我。我的本性善良，只是有點彆扭沒辦法坦率而已。」

「凱亞爾葛，我認為你那句話對這個世上所有本性善良的人很失禮。」

「不管怎麼想都是妳講的話比較失禮吧。」

本性善良。

我不認為有比這更好用的詞彙。

之後，米爾爺提供給我們一間空屋。

他說我們逗留在村子的這段期間可以自由使用。

雖說不是什麼好房子，但至少有天花板。光是這樣就已足夠。

◇

安置好行李後，我們馬上踏入山林。

我們在此分成兩組行動。

能以【熱源探查】捕捉獵物的芙蕾雅，和具有狩獵知識、經驗的剎那一組。

而我、夏娃和艾蓮一組。這邊只要有我在應該就不成問題。

兵分二路能有效地提升等級，進行狩獵。

無論哪組都有勇者，所以能確實獲得兩倍經驗值。

雖說我和芙蕾雅湊在一起就能獲得四倍的經驗值，反正狩獵效率變成兩倍的話就能回本，加上我已經承諾要帶回大量的好料，現在就先以數量優先吧。

我在哼著歌的同時迅速丟出小刀。小刀猶如飛箭般射出，一隻飛在空中的雉雞應聲落地。

我撿起雉雞拔出小刀，放完血後扔進背後的籠子。

雉雞相當美味，真是個好兆頭。

「凱亞爾葛，你的手法熟練到讓人害怕耶。」

「因為我很習慣狩獵。沒跟妳說過嗎？我是蘋果農家的獨生子。在沒有照顧蘋果樹的那段期間，都會和我爸爸一起去狩獵。爸爸是村裡最優秀的獵人，而他可是為我的才能背書呢。」

和當時相較之下，我的狀態值已有飛躍性的提升，然而基礎動作早已在當時就打好底子。

「凱亞爾葛是種蘋果的農民？真不適合你。我還以為是盜賊、山賊還是海盜。」

「看來我得找個時間好好跟夏娃聊聊才行。我真的是善良又勤勞的蘋果農家小孩。不然下次我做蘋果派給妳吃吧？其實我挺擅長做甜點喔。」

「越來越不適合你了！」

講得真過分。

這傢伙到底把我當成什麼啦？

「凱亞爾葛哥哥做的蘋果派好像會很好吃。」

相反的，前諾倫公主……艾蓮則是對我的話深信不疑。

哈哈，真是可愛的傢伙。

我就在床上盡情獎勵妳吧。明天是艾蓮的專屬日。

「為了獎勵坦率的艾蓮，我就把夏娃那份蘋果派也給妳吃吧。」

「耶！太棒了！」

「啊！我也要吃啦！」

真是溫馨的光景。雖說我不是蘿莉控，但少女們如此開心，讓我也跟著開心起來。

好啦，看樣子沒時間再繼續閒聊下去。

發現獵物了。

「妳們倆都安靜一下。我的【氣息察知】捕捉到魔物了。哦，來得正好。我原本就希望能抓個野豬，沒想到送上門的居然是野豬魔物啊。」

我把力量凝聚在【翡翠眼】。

強化了視力，用這雙眼睛捕捉了距離三百公尺以上的魔物。

再加上【翡翠眼】可以看穿敵方魔物的能力。

敵人的名字是暴食魔豬。

是大型的野豬類魔物，具有高達四百公斤的龐大身軀。

牠依靠比硬質化的岩石更加堅硬的鼻尖，以及凶惡的利牙血祭了無數敵人，儘管瞎了一隻眼睛，另一隻眼睛卻閃爍著鮮血的顏色。

一般來說，魔物受到瘴氣侵蝕，直接食用的話跟服毒無異，但只要透過我的力量【淨化】，就會搖身一變成為可口的大餐。

那看起來很好吃，大就是讚。

「野豬魔物？那很大嗎？」

「嗯，很大。以尺寸來說，一般的野豬根本無法相提並論。應該有四百公斤吧。」

「太好了，可以讓村裡的大家飽餐一頓了呢。」

知道能讓同伴開心，夏娃看起來喜不自勝。

……如果就這樣隱藏氣息攻其不備，可以輕易切斷暴食魔豬的脖子，一招就殺了牠。

不過機會難得，我決定鍛鍊夏娃。

「夏娃，不管哪裡都可以，妳用手指指一下。」

「像……像這樣嗎？」

夏娃筆直地伸出手指。

我從後面貼著夏娃，將手指的方向朝向暴食魔豬的側頭部。

從夏娃的角度看不見。因為眼前有無數遮蔽視線的障礙物。

然而我可以藉由【翡翠眼】的透視能力一覽無遺。

「等等，凱亞爾葛，你在做什麼啊？」

「聽好了，夏娃。暴食魔豬看起來那樣，但對氣息很敏感，非常膽小。而且嗅覺也很好。要是再繼續靠近，恐怕牠會注意到我們而逃走。那傢伙腳程很快，一旦被牠逃走恐怕就追不上了。」

「咦？凱亞爾葛，難道你……」

「我想從這裡狙擊牠。只要用夏娃的光魔術朝著手指的方向筆直釋放，就能一擊射穿那傢伙的腦袋。來，我們試試看。那傢伙現在杵在那不動。妳只要朝我讓妳指著的方向筆直釋放魔術就能打倒牠。如果是光魔術，就可以輕易貫穿樹木和岩石捕捉到目標。」

夏娃開始顫抖。想必很害怕吧。

「沒辦法……我沒辦法。凱亞爾葛去打倒牠啦。因為，萬一我失敗的話……」

夏娃之所以害怕，並不只是怕失敗後會丟臉。

而是害怕因為因為自己失敗，沒辦法讓那些飢餓，打從心底期待獵物的黑翼族品嚐到美味大餐。

「要是夏娃射偏，想必牠會嚇到逃走吧。真糟糕啊，或許再也找不到這麼大的獵物了。」

「不行啦，凱亞爾葛拜託你來吧。只要打倒這傢伙就行，下一個我會自己應付。」

她的聲音在顫抖。

夏娃也知道飢餓有多麼難受。

所以，她很清楚同族人為此有多麼痛苦。

這是關係到超過一百名同族是否能飽餐一頓的重要關頭。

肯定會害怕的。

「我辦不到。我沒有自信在不被牠注意到的情況下接近。能收拾那傢伙的人只有妳。是說，再繼續說下去好嗎？說不定牠會趁我們杵在這發呆時逃跑喔。可別以為牠會一直站在原地不動啊。」

夏娃抖得更劇烈了。

我故意撒謊說自己辦不到，是為了要對她施加壓力。

夏娃之所以沒有成長，我認為是因為她缺少覺悟。

當她使用魔術時，每一發都沒有拚命。

這歸咎於她認為就算打偏了也不要緊。所以就算一而再再而三重複同樣的事情也毫無長進，無法從失敗中記取教訓。

所以，我刻意營造出讓她得全力以赴的狀況。

好啦，現在只能選擇辦不到繼續發牢騷或是下定決心，真讓人期待她的抉擇。

「我……必須由我來才行。」

哦，看來她總算提起幹勁。

夏娃為了使用光屬性魔術，將魔力集中在指尖。

她將魔力集中在指向的方位上。

我第一次見到夏娃這麼聚精會神地集中魔力。

……魔力收斂率很高。

如果是平常的夏娃，在這個時候就會因集中力不足使得魔力無法順利集中而外漏。

「凱亞爾葛，真的只要朝著這手指前面射出去就行了吧？這樣就行了對吧？雖然我看不見，不過這樣就可以了吧？」

「我向妳保證。」

光魔術絕對不會彎曲，具有壓倒性的攻擊力。

只要使用者確實釋放，必定能捕捉到目標。

「知道了，我相信你。」

「加油，夏娃。」

「嗯……【光之箭】！」

然後，夏娃的指尖射出一道細長的光束。

光束貫穿了路線上的樹木、岩石以及阻擋在前方的一切障礙，一路直衝過去，貫穿暴食野豬的太陽穴，擊殺目標，我用【翡翠眼】見證了這一切。

「噯，凱亞爾葛，我成功了嗎？大家的大餐，我有好好地、好好地……」

幾乎快哭出來的夏娃抱緊我的胸口如此問道。

「確實打倒了喔。我們現在就去回收屍體吧。必須將牠放血再加以【淨化】。從那尺寸來看，今天請村民飽餐一頓之後，還可以加工成乾糧，這樣一來村落的餐桌就會有好幾天都擺滿美味的佳餚。」

「太好了！幸好成功了～要是失敗，我就沒臉去見大家了。」

夏娃當場坐了下來。

我露出微笑摸了摸她的頭。如果是平常的話，夏娃總是會害羞地撥開我的手，然而現在卻任憑我撫摸。

「幹得好，要記好剛才使用魔術的那種感覺。妳已經成功地按照自己瞄準的方向擊發魔術，下次肯定也能順利瞄準。」

「嗯！我也這麼想。謝謝你，凱亞爾葛。」

夏娃有了很大的成長，這點毋庸置疑。

暴食魔豬是個大獵物，既能飽餐一頓，又提升了我們的等級。

然而比起這事，夏娃的成長才是最大的收穫。

◇

由於事前約好一旦太陽下山就在集合地點碰面，我們在那之前又獵了大約三隻瘦弱的魔物。

放完血後，暴食魔豬的重量變輕，我們鼓起幹勁將其扛起，前往集合地點。

夏娃的成長非常了得，後來的所有魔物也都是由我發現，再讓夏娃負責收拾。

照這個樣子成長下去，不需多久就能在第一線活躍。

也對，畢竟她在未來會當上魔王，所以打從一開始我就知道，只要給予契機她就能有所成長。

「呵呵，凱亞爾葛，這樣一來我就是英雄了呢。」

「嗯，這是妳的功勞，妳可以為此感到驕傲。」

「真開心。因為我至今一直都受到大家照顧，卻從來沒辦法為他們做些什麼。真想快點回到村子呢，呵呵～」

夏娃心情好到都要小跳步了。

然而當我們抵達集合地點一看，夏娃的臉僵住了。

剎那正使勁揮手。

「凱亞爾葛大人，剎那很努力。獵到大獵物了，誇獎剎那吧。」

剎那和芙蕾雅已經待在集合地點。

剎那也帶回了獵物。

而且還是比夏娃殺死的那隻野豬要再大上一圈的熊類魔物……

「凱亞爾葛大人。」

剎那搖著狼尾巴跑到了我的面前。

我帶著僵硬的微笑摸了摸她的頭後，剎那就飛奔到我的懷裡抱了過來。

「大獵物，很驚人。要搬過來很辛苦。這樣村裡的每個人都會高興。」

我望向夏娃，她已經淚眼汪汪了。

「剎那這個笨蛋！」

這是今天的英雄從夏娃換成剎那的瞬間。

◇

我們帶回巨大的熊和野豬魔物。

看到我們的成果，村人欣喜若狂。

起初雖因為是魔物肉而有所警戒，但我向村民告知【淨化】的存在，再加上夏娃說她平常就在吃了。

隨後有幾名大人判斷吃下去也不會有問題，大家就紛紛衝了過來。

米爾爺一聲令下，每個家庭都拿出了大鍋，幾位村民開始烹燉內臟料理，在村裡的廣場點燃了熊熊烈火，把肉塊掛在長得不像話的桿子上，開始用串燒方式烹調。

除此之外，還動員了所有婦女和小孩，用醃漬和燻製的方式製作乾糧。

野豬和熊合計起來重達將近一噸。可食用的部位有六百公斤。

接下來將會加工成大量乾糧，分配給各個家庭。

當我們漫不經心地注視著眼前的景象，米爾爺湊了過來。

「這可是祭典啊！請各位盡情享用黑翼族的傳統燉煮料理『米爾塔嘎』，以及串燒料理『卡魯啵喇』！」

說完這句，他就回到了自己的工作崗位。

看來是回去準備巨大串燒。

夏娃喃喃地說：

「好懷念啊。黑翼族每當獵到大型獵物，就會像這樣一起分享獵物。雖說凱亞爾葛並不是知道這件事才提議去打獵，但這讓大家又想起了過去，非常開心……那個，謝謝你。凱亞爾葛偶爾也會做些好事呢。」

「偶爾是多餘的。」

「今天的凱亞爾葛是心地善良的凱亞爾葛呢。」

「平常的我也是心地善良啊。」

就在這時，一桶麥酒被運到我們眼前。

看來似乎是免費招待全村的人喝麥酒。

當製作串燒的黑翼族以及熬燉內臟的黑翼族各自高喊料理完成，人就一起聚集了過去。

「那我們也過去吧！」

「嗯。凱亞爾葛大人，剎那要吃到極限為止。」

「像這種體驗也很不錯呢，凱亞爾葛大人。」

「剎那，妳稍微克制一點啦……要是妳認真的話搞不好會把東西全都吃光。」

「凱亞爾葛哥哥，我們快點走吧。」

大家好像都樂在其中。

起初只是為了賺取夏娃和黑翼族對我的好感，但不管怎麼說，既然大家開心，那我也會高興。

古人說的話很有道理……親切不為他人。

好啦，我們也過去吧。

今天的麥酒、燉內臟和串燒絕不算是什麼奢侈的食物，不過，肯定是最棒的款待。

第六話 回復術士得到了蛋

填飽肚子後，我坐在遠方，眺望著黑翼族在原本為了製作巨大串燒而升起的篝火旁邊跳舞。

黑翼族的村落熱鬧地舉辦了節慶狂歡。

黑翼族所做的燉內臟和串燒都堪稱一絕。

用豆子製作的調味料熬煮過的內臟不僅柔軟滑順，還去除了腥味，和具有甜味和黏稠口感的內臟搭配起來非常合拍。

為了消除野獸的臭味，會在串燒淋上香草汁使其入味，再灑上鹽炙烤，雖然做法簡單，但可以享受到原始的美味。

根據夏娃所說，黑翼族每當捕獲大獵物，就會將容易腐爛的內臟用燉煮方式調理，並在兩三天內吃完，肉質鮮嫩的高級部位則是製成串燒，在狩獵當天一同盡情享用。

接著再將剩下來的部位加工成乾糧，分配給每個家庭。

村落的氣氛一轉眼就活絡了起來。

有幾名黑翼族邊哭邊低頭道謝，說都是託我的福，才能享用到久違的大餐。

「凱亞爾葛，謝謝你。大家能這麼高興都要歸功於你。」

「不客氣。這樣妳也稍微對我另眼相看了吧。今後允許妳稱呼我為親切又善良的凱亞爾葛大人。」

「你就是因為說這種話才會搞砸事情啦！」

夏娃鼓著臉頰向我怒吼。

明明不用那麼生氣啊。這不就是平常會開的凱亞爾葛式笑話嗎？

夏娃轉過頭去，怯生生地伸出了手來。

「那隻手是怎樣？想要零用錢嗎？」

「不是啦！凱亞爾葛不是喜歡我嗎？所以，我就勉為其難地陪你跳支舞吧。」

是邀請我跳舞啊。

黑翼族正在村子的廣場中央圍著篝火跳舞。

「那種舞我還是第一次看到，可以麻煩妳引導我嗎？」

「交給我吧，我很擅長跳舞喔。」

我牽住夏娃的手。

夏娃張開了她的羽翼。

她在布拉尼可總是把羽翼隱藏起來。現在這樣一看……

「夏娃的羽翼真漂亮。」

「呃……不要突然說那種奇怪的話啦！色狼！」

「我不否定自己是個色狼，但我不太懂妳的意思。」

明明被誇獎會感到害羞，卻又做出這種莫名舉動的黑翼族，是不是在各種方面都有問題啊？

「真是，我們快走吧。」

夏娃為了掩飾害羞的心情，拉著我的手催促著。

於是我挺起身子跟著她走去。

感覺到背後有人盯著我。

剎那等人用充滿期待的眼神望向這邊。

我知道啦，待會兒也會好好跟妳們幾個跳舞。

我可是會珍惜所有物的主人。

◇

在眾人吃完飯，跳完舞後，宴會也宣告結束，我們則回到借住的房子。

就算是對體力有自信的我，和所有人跳舞還是會感到疲憊……不過真開心。

借住的這個房子有兩間房間，就像平常那樣，分成今天要疼愛的女人和我一間，其他女人就睡在另外一間。

從明天開始，就去森林繼續提高等級吧。

這樣還能順利取得食材。

只要用鹽醃的方式處理，就可以保存將近一年。

這樣一來就算我們不在，黑翼族暫時也不會為了糧食所苦，這樣也不壞。

所幸這附近就能採取到岩鹽，看來不須擔心鹽有所不足。

「凱亞爾葛大人～」

剎那發出嬌喘呼喊著我的名字。她已經脫掉衣服，用白色尾巴遮住了重要部位。像這種呼之欲出的姿勢非常吊人胃口。

今天要疼愛的對象是剎那。

剎那果然很棒。她那種熟悉的安心感最到味。

而且很惹人憐愛。

我輕咬她的白色狼耳後，剎那發出嬌喘。

順便疼愛她的尾巴吧。

「我也會好好疼愛妳的。」

雖說剎那喜歡我刺激她的身體，但聽到我說出疼愛的話語會特別高興。

我很喜歡看到她做出這樣的反應。

然後，在房間的角落有個目不轉睛注視這一切的一名少女。

明明我並沒有強迫夏娃非得這麼做，但她還是主動來看。

她看著我和剎那相愛，同時磨蹭自己的大腿內側。

我明白她為什麼這麼做。

躲起來看的時候她可以慰藉自己，但在這種公開觀看的情況下，她沒辦法自慰。

明明情緒高漲卻無法觸碰，這樣的狀況想必會讓她比以往來得更加難耐。

這正是我的計畫。

在疼愛完剎那後，就輪到夏娃了。

今天的她不僅情緒極度興奮，之前也實際被我的手疼愛過，想必好感度會直線攀升。

對了，今天就用舌頭來疼愛她吧。

今天做完之後，下次再更進一步，讓她用大腿磨蹭我的那話兒，再之後……就總算可以品嚐了。雖說過程很辛苦，但就一步一腳印踏實前進吧。

◇

「凱亞爾葛大人，愛你。」

剎那全身虛脫，用恍惚的表情囁語著愛意。

我疼愛剎那，直到她整個人都站不起來為止。明明處於這種狀況，卻堅強地用臉磨蹭我的性器，再用舌頭幫我舔乾淨，寶貝地品嚐著我的性器。

而且還用手指將從自己的性器溢出的性液撈起來塞回去裡面。

每當完事後，剎那總是會這麼做。

這讓我覺得既煽情又惹人憐愛。

我幫她蓋上毛毯，剎那便露出了幸福的微笑，進入夢鄉。

「夏娃，久等了。」

「我……我才沒有等呢！我完全沒有想什麼奇怪的事喔！」

夏娃滿臉通紅地否定，但從各種狀況看來，毫無說服力可言。

我露出苦笑，從背後抱緊她，把手伸進衣服裡面逗弄夏娃。

開始刺激她重要的地方。

到了這個地步，已不需要再多說什麼。

夏娃沒有拒絕，而是委身於我。看來她已經進入狀況，屢屢對我的手做出反應。

「夏娃，我們來接吻吧。」

「接吻……那種事情不行啦。」

「我們的關係是朋友以上，戀人未滿吧？而且我們都做到這個地步了。接個吻應該也無妨吧？妳知道嗎？接吻也很舒服喔。」

由於我從背後抱住她，看不見夏娃的表情，但她的耳朵整個都紅了。

才剛讓她見識到我和剎那滿滿的深情接吻，想必她對此興致勃勃。

「嗳，凱亞爾葛，凱亞爾葛喜歡我對吧？」

「是啊。所以我才會像如此珍惜妳。我不會為了不喜歡的女人做到這種地步。」

正因為是夏娃，我才沒有下藥洗腦她的思考，而是像這樣一步一步地前進。

「那麼……好啊。可以跟你接吻。反正，我也不討厭凱亞爾葛。」

公主允許了。

我把夏娃的身體轉過來朝向我。

夏娃的眼睛溼潤，這表情非常煽情。

「謝謝妳。那，我們接吻吧。」

我們的唇重疊，接著我把舌頭深入裡面，進行大人的接吻。

我充分地告訴她何謂接吻的美好。

舌頭彼此交纏，儘管夏娃接受了我的舌頭，但纏繞的方式十分青澀，我引導她舌頭的動作制服住她。

每次跟不同女人接吻，味道都會有所不同。夏娃的味道給人一種精悍的感覺。

當我挑弄夏娃的舌頭——

夏娃就猛然挺直背脊，接著又脫力鬆弛下來。

「接吻很舒服呢，凱亞爾葛。」

「對啊。妳也會愛上對那邊的接吻喔。」

「等等，你怎麼把臉塞到……那種地方……」

我用舌頭在夏娃尚未成熟的蜜瓣滑行，並深入裡面。

和指頭不同的溫度及柔軟，讓夏娃彷彿像是初次感受到這樣的快樂，儘管雙手按住我的頭部，但並沒有拒絕，甚至追求著我下一步的動作。

我用舌頭翻動包覆著夏娃陰蒂的包皮開始舔拭，夏娃因為這樣而品嚐到潮吹的快感。

好啦，夜晚還很漫長。

我會用除了插入以外的各種方法，好好疼愛夏娃。

◇

清醒了。

嗯～真是清爽的早晨。

昨天真是滿足。沒想到夏娃居然會主動對我做出那樣的服務。

我用舌技徹底疼愛她一番之後，想要回報的她居然願意幫我口交。由於她太過戰戰兢兢，害我一時按耐不住，不禁就抓住她的頭粗魯對待，不過她也沒有生氣。

真期待下次的夜晚。

我一邊胡思亂想，一邊讓剎那幫我進行晨間侍奉。

早上並不是採輪班制，只交給剎那來負責。

這是她的特權。

夏娃現在依舊睡得香甜。

結束侍奉後，剎那將精液一飲而盡，並開口詢問。

據剎那所說，她很喜歡我的味道，尤其是早上的第一砲最讓她難以忘懷。

「凱亞爾葛大人，今天要做什麼？」

「白天就去升級吧。到了傍晚之後，去米爾爺那邊一趟。夏娃雖然知道神鳥的試煉這回事，但並不知道具體內容。我想要盡可能蒐集情報。」

我已經聽說了大概的內容。

所謂神鳥的試煉，似乎是要治好神鳥所散播的疾病。

那麼，只要有我的【恢復】應該能輕鬆搞定吧。

不過，我還是想做好萬全的準備。只要是能蒐集到的情報就要竭盡所能蒐集起來。

「嗯，知道了。那剎那去叫大家起床。」

剎那穿上衣服，離開了房間。

好啦，我也去做早餐吧。

得做些能儲備精力的食物才行。否則我可沒辦法疼愛所有人啊。

回過神來已經傍晚了。我們剛好結束狩獵，在順利升級的同時確保了食材，回到了村子。

而且我還採了偶然發現的山葡萄和越橘。

「看來可以久違地做個甜點了，剎那她們應該會很開心吧。」

除了這些以外，還有村民分給我們的麵粉和山羊奶。只要有這些就能做出甜派。

女孩子都喜歡甜食，她們肯定會很開心。

把獵物交給村民後，我朝向米爾爺住的房子走去。

要是一次太多人去拜訪也會給他添麻煩，所以我只帶了夏娃和芙蕾雅，讓剎那和艾蓮兩人留在家裡。

現在剎那應該正在鍛鍊艾蓮吧。

艾蓮雖然沒有才能但很有毅力。她的體力正逐日增強。只要過了一個月，應該就能成長到可以跟著我們一起旅行。

抵達米爾爺的住家後，我們被帶到客廳。

等了大約五分鐘後，米爾爺拎著一盒木箱走了出來。

「凱亞爾葛大人。還勞駕你到本寒舍，實在不好意思。」

「不會，抱歉我們突然登門拜訪……事不宜遲，我們馬上切入正題吧。我們想要接受神鳥的試煉，馴服神鳥咖喇杜力烏斯。為了這個目的，我才來請教是否有相關的傳說留有神鳥試煉的內容。」

米爾爺做出了深思的舉動。

應該沒有人比他更清楚神鳥的傳說才是。

「多多少少留著一些奇聞軼事。據說，神鳥會測試肉體的強度，但最重要的還是心靈。如果沒有一顆堅定的心，就無法克服試煉……但並沒有留下具體的內容。畢竟挑戰神鳥後還能活著回來的，只有莉絲家初代當主，我們無法獲得更多的資訊。」

考驗接受試煉之人的心靈嗎？有趣。

「不，這樣就足夠了。非常感謝你，很值得參考。」

強大的心靈啊，對於內心纖細的我來說，這試煉相當嚴苛。

不過只要做好覺悟，應該承受得住。

「幸好有幫上你的忙……另外，凱亞爾葛大人，有個物品希望你收下。」

米爾爺把木箱遞到眼前。

這是他帶進這房間的東西。我從剛才開始就對這玩意兒滿是好奇。

「我可以打開嗎？」

「請吧。我就是為此才拿來的。」

我打開木箱。

裡面有大量的稻草和貼著護符的蛋。

「這個……是什麼？」

「這是神鳥之蛋。」

「什麼！我可以收下這麼貴重的物品嗎？」

如果這真的是神鳥之蛋，那可是珍貴的無價之寶。

就算不去接受神鳥的試煉，只要孵育這顆蛋就能得到神鳥。

「是的，因為你為了我們村子鞠躬盡瘁。更重要的，是夏娃公主十分信賴你。原本夏娃公主的父親亞姆達大人就吩咐我，當有一天夏娃的丈夫現身時，就把這個託付給他。」

聽到這句話，夏娃滿臉通紅。

「我和凱亞爾葛……還不是那種關係啦！」

哦，「還不是」啊？這句話真讓人開心。

「打從夏娃公主還小，我就一路看著您長大。我米爾很清楚這位人士對夏娃公主是特別的對象。而且，您也說過自己喜歡夏娃公主。我想把這顆蛋託付給你。」

居然會因為相信我而把夏娃和寶物託付給我，果然是慧眼識英雄。

這個提議讓我很開心。

然而，有件事情讓我實在無法釋懷。

「……為什麼之前黑翼族不使用這顆蛋？只要扶養神鳥長大再使喚牠，就不會被魔王那群傢伙逼到現在這副窘境了吧？」

無論怎麼想，神鳥都是驚人的戰力，我不懂他們為何要置之不理。

「因為我們無法使其孵化。這顆蛋要吞噬魔力才得以成長。尤其是最初的第一口，需要由一個人來注入龐大的魔力。即使是神鳥，一次也只能孵出一顆蛋。如果在孵育一顆蛋的期間又產下了別顆蛋，那牠就會將那顆蛋扔掉……而像這樣被扔掉的就是這顆蛋。村裡的人已經都嘗試過了，但沒有人具有足夠的魔力來孵育這顆蛋。」

原來如此，所以才沒有拿來利用，而是將蛋視為寶物世代相傳下來。

「那我心懷感激地收下吧。我不懂會馴服你們所祭祀的神鳥，也會把這傢伙平安孵化出來。如果有兩隻神鳥那就更讓人安心了。」

雖說最糟的狀況是有可能連我都沒辦法使其孵化，但要是真的不行就交給芙蕾雅吧。她是【術】之勇者，全世界最強的魔術士。如果連芙蕾雅都無能為力，就真的一籌莫展了。

「我先糾正一件事。從神鳥之蛋誕生的並非神鳥。被尊稱為神的魔物會誕生出神格。神鳥之蛋吞噬的並非只有魔力，還有流露出來的內心以及想法，屆時將會塑造出與孕育蛋的生物相符的神格。其外觀以及性質可說是千差萬別。」

「哦，真有意思。」

會強烈受到我的影響，進而誕生的神格魔物。

肯定會誕生出一個和我一樣，宛如天使一般的魔物。真期待它孵化出來的那天。

「那麼，我就滿懷感激地收下了。」

「是，夏娃公主和這顆蛋，就託付給凱亞爾葛大人照顧了。請務必形影不離，隨身攜帶。如此一來，蛋就會啃蝕凱亞爾葛大人流露的魔力、精神力、氣以及所有一切，屆時便會成長為符合凱亞爾葛大人的神格。」

「明白了，從現在起我就時時刻刻隨身攜帶吧。」

晚點再做個專用的背包吧。

還得先想好要取什麼名字。

等等再和剎那她們商量吧。這可是我們的新伙伴。

不但得到了神鳥的情報，甚至還獲得意想不到的禮物。

接受神鳥試煉的日子已近在眼前。

照這樣下去，我們會輕鬆地得到神鳥，一鼓作氣反擊魔王。

進展非常順利。

……然而我的直覺告訴我，像這種時候，總是會有麻煩事上門。

第七話 回復術士將魔力灌注在蛋裡

從米爾爺那裡收到神鳥之蛋後已經過了一天。

有趣的是這顆蛋並不會孵出神鳥，而是會受到負責孵育的人的魔力和精神影響，進而改變姿態。

這代表神鳥之蛋是映照出內心的鏡子。壞人會孕育出醜惡的魔物，好人則是會孕育出清純的魔物。

既然是由我來培育，肯定會孵育出讓人驚豔的魔物。

但是，也有無法衷心高興的部分。

據米爾爺所說，一開始必須要先喚醒這顆蛋。但要是魔力量不足便無法順利喚醒。意思就是光靠半吊子的魔力是行不通的。

「真是沒想到就算我全力灌注魔力也絲毫紋風不動。」

在收下蛋的那天我就已試著灌注魔力，但漂亮地失敗了。

一般狀況下的我的魔力似乎不夠。

所以，我今天可是有備而來。

用【改良】將狀態值改造成偏向魔術士。不僅如此，還把所有技能都設定為強化魔力用的。

而且，即使MP上限提高，總量也無法用【改良】來恢復，因此我喝下大量的魔力恢復藥，睡飽了之後把魔力恢復到極限狀態。

光是這樣還覺得不夠，我甚至強行使用精力劑，將魔力激發到極限之上。

那麼，現在要來重新挑戰了。

與其我自己這麼努力，說不定交給芙蕾雅還比較好，但萬一生出像那個芙列雅公主一樣的神獸就糟了。

所以，我才會像這樣進可能做出一切努力，正面挑戰這顆蛋。

「如果這樣還不行就真的無計可施了。接下我投入所有心血的成果吧。」

好啦，重新挑戰。

我集中精神，凝視著比自己的頭還大的神鳥之蛋。

「凱亞爾葛大人，加油。」

「加油！凱亞爾葛哥哥！」

剎那搖著狼尾巴，艾蓮那神似芙蕾雅的桃色秀髮隨風飄逸，兩人都為我送上聲援。

順帶一提，芙蕾雅和夏娃出門去採購物品了。

我們在三天後終於要出發接受神鳥的試煉。為了準備旅行所需，我任命已經習慣採買的芙蕾雅，還有容易被黑翼族接納的夏娃負責採購。

由於我們提供了大量鮮肉，村民們都非常配合，願意把必要的東西讓給我們。

哎呀，一不小心分神了。重新集中精神吧。

不能讓她們倆看到我狼狽的一面。

好，這次一定要成功！

「……這就是我的一切。給我接下吧啊啊啊啊啊啊啊啊啊啊啊！」

我把所有魔力凝聚在右手，灌注在蛋上。

由於魔力急遽消失，一股超乎想像的疲倦感朝我襲擊而來。

或許是將魔力提高到極限的緣故，連【翡翠眼】也一併發動。

我咬緊牙根，使勁忍住。我怎麼可以輸呢！

絕對……要孵育出神格魔物。休想叫我放棄這麼有趣的事。

我一邊忍耐著疲憊感，同時持續灌注魔力，但對魔力殘量越來越不安了。還不行嗎？這樣還不夠嗎？

剩餘的魔力還有四成、三成、兩成、一成……

還是不行啊……正當那種想法閃過我腦海的那瞬間。

蛋有了動靜。

怦咚、怦咚的鼓動聲傳達到我的掌心。

「居然讓我費了這麼大工夫。」

總算是成功了。

蛋終於甦醒過來，開始呼吸。

我直接一屁股坐下，鬆了一口氣。

「凱亞爾葛大人，這次有成功喚醒那顆蛋嗎？」

剎那和艾蓮衝到我的身邊。

「是啊，成功喚醒了。妳們摸看看就知道了。」

當我這樣說完，她們倆就興致勃勃地七手八腳摸了起來。

「真的耶，在動。好可愛。」

「凱亞爾葛哥哥，這孩子什麼時候會生出來呢？」

話說回來，我倒是沒問過這事。

會是什麼時候啊？

從背後傳來了腳步聲，我轉頭一看，來的人是米爾爺。

「我感覺到一股非比尋常的魔力才來看看。喔喔，真不愧是女婿大人。」

……要叫我女婿也太快了吧。但吐嘈這個也沒什麼意義，就先忽略吧。

比起這事，他來得正是時候。

向他打聽一下蛋的事情吧。

「算是千鈞一髮啊。不過幸好有確實喚醒。只是我對接下來該怎麼做毫無頭緒。」

「嗯，只要像這樣開始呼吸，就不需要特意去做什麼。接下來蛋就會逕自吸收從你身上流出的魔力和心靈，自行成長。我想想，根據傳說，應該需要兩週至三週的時間。」

「是嗎，那我就悠閒等待了。」

得救了。只有在喚醒時會要求莫大的魔力，今後似乎不需要負擔到那種程度。要是每天都要求我付出這麼龐大的魔力，那可會累死人啊。

今後似乎能悠哉看著蛋成長。

「是說，容我換個話題，我聽村裡的人所說，你們將在三天後啟程是嗎？」

「畢竟能接受神鳥試煉的期間有限。可以的話我想從容不迫地進行挑戰。」

夏娃曾說過，要是錯過這次機會，下次還得再等兩個月。

我想要盡可能地降低風險。

「那麼，我想先交給你一道護身符……我等黑翼族，會將靈魂寄宿在留下來的同胞的羽翼。換句話說，我等的羽翼有著囚禁靈魂和魔力的能力。」

「這件事我有耳聞。」

……所以我才會偶爾去撿夏娃掉下來的羽毛。

寄宿著魔力和魂魄的羽毛似乎不會脫落，但並非如此的羽毛偶爾會掉落，由於這能成為好武器的材料，我有確實留存。只是我始終摸不清加工方法，為此傷透腦筋。直接使用的話沒辦法製成武器。

「這根羽毛是護身符。是利用了我等的性質，灌注了大量魔力的羽毛箭。在使用魔術時，只要是一流的魔術士就能用它來代為消耗魔力。除此之外，只要大喊【喀爾力那】投擲出去，還能當成炸彈來使用。」

他遞過來一捆黑色羽毛，裡面約有十根上下。

看樣子他似乎把羽毛加工製成武器，而且裡面還充滿了魔力。

不僅可以在各種狀況派上用場，更為重要的是能學到加工技法。只要調查這個，應該也能把夏娃的羽毛挪為武器使用。

「讓你這麼為我們費心，真是不好意思。」

「不，我才應該要感謝你。你為我們取回了夏娃公主的笑容。那位大人自從成為魔王候補就不曾笑過。雖然夏娃公主嘴上那麼說，但她相當信賴你。」

說完這句話，米爾爺就離開了。

……他是個貨真價實的好人。不僅打從心底愛著夏娃，只因為是夏娃相信的人，就願意信任身為人類的我。

我稍微喜歡上那個人了。

「心中騷動不安啊……」

但是我有個禁忌。

我中意的人都會遭到殺害。

無論是我的初戀安娜小姐，還是曾為我摯友的商人卡爾曼都是如此。

真是諷刺啊。先死的都是好人。

祈禱他不會步上相同的後塵吧。

如果克服神鳥的試煉平安歸來，這村子卻已遭到魔王軍毀滅……要是演變成這樣，到時就不是幫助夏娃，這場戰鬥也會成為我復仇的一環。

到時候，我將會化身為復仇之鬼，用我的意志，確實地讓魔王軍受到報應。

◇

啟程的日子終於來臨。

自從來到這個村子後，幾乎每天都在提升等級，大家也因此變強。

尤其是剎那的成長特別顯著。

畢竟這裡是魔族的支配領域，會出現強力的魔物。這代表能在此處獲得大量的經驗值。

由於剎那勤奮地提升等級上限，而且又灌進了經驗值，如今等級總算是升到了41級。

這別說是超過亞人的平均水準，甚至還高過了人類的平均值。

原本剎那就有著很高的天賦值、優秀的技能與特技，並具有格鬥天賦，一旦升到這種等級，已經幾乎沒有人與她交手還能占到上風。

說到成長，夏娃也完成了很大的變化。

多虧剎那教官的體力增強訓練，她總算培養出體力。再加上芙蕾雅老師開班授課教導魔術，也讓她的魔術精準度進步到讓人瞠目結舌。

有過一次認真釋放魔術的經驗，讓她記住了那個感覺，再藉由重複釋放魔術，讓她得以提高精準度。

現在的夏娃已經可以算得上是優秀的戰力。

「凱亞爾葛哥哥！終於要開始了呢！」

艾蓮哼著大氣握緊拳頭。

說實在的，艾蓮現在還算不上戰力。

即使如此，雖說成長速度緩慢，她也紮實地在增強實力。

「艾蓮，我並沒有把妳視為戰力看待。不過妳的頭腦聰明又頗具觀察力。我希望妳能謹慎地觀察周圍，要是有想到可疑的地方或是奇怪的地方就向我報告。」

「好，請交給我！」

艾蓮的頭腦倒是值得期待，畢竟她可是曾讓我吃盡苦頭的諾倫公主。

雖說她現在光是要跟上我們就得竭盡全力，應該連觀察周圍的餘裕都沒有，就以長遠的眼光來看待吧。

「凱亞爾葛大人！夏娃公主，還有各位……祝你們戰無不克！」

我往傳出聲音的方向望去，現在明明才一大早，黑翼族的一行人卻來幫我們送行。

明明剛來到這裡時，他們還抱著敵意包圍我們，離開時卻願意來送行……說來真是有趣。

「那我們走了。一定會馴服神鳥再回到這裡！只要能帶上神鳥，我們就可以展開反擊！今後不會再讓魔王為所欲為！」

聽到我的這番話，黑翼族的人們高聲歡呼。

稍微起了點雞皮疙瘩。

……是因為自己難得講了很像勇者的台詞。

此時一名黑翼族的少女朝向這邊跑來，然後在我面前停下。

我記得是偶爾會來跟我搭話的孩子。

「為了祈禱凱亞爾葛大人平安無事回來，我努力做了這個！葉耳加瑪！這個可以保佑凱亞爾葛大人不會遇上壞事。」

少女用雙手遞給我的，是用好幾種魔獸的毛所編織的手環。

這和在拉納利塔看過的米桑嘎類似。

「編得真是漂亮。妳一定吃了不少苦吧？」

複雜又細膩的編法，要是沒有強大的毅力和集中力肯定無法織完。

「雖然很辛苦，但我希望凱亞爾葛大人能夠回來！而且，謝謝你為我們做了好多好多的事。」

少女將名為葉耳加瑪的手環綁在我的左手。

然後低頭行了一禮，便離去了。

……我用【翡翠眼】查看了一下，真的只是單純的護身符，完全沒有任何防禦力與魔術效果。

儘管如此我卻很開心，我用手撫摸葉耳加瑪後，朝向少女揮手。

「凱亞爾葛來到這村落以後就像個一般的好人呢。像是主動說要去狩獵野獸，還有去幫忙田裡的工作，治療大家的傷勢和疾病，甚至還幫忙讓貧瘠的作物和虛弱的家畜重新恢復精神。」

「跟平常一樣不是嗎？」

「完全不一樣啦！」

「我跟平常一樣啊。因為對方抱持著敬意仰慕著我，我只是做出適當的應對方式。我對自己人可是很溫柔的……像這種充滿溫情的地方真不錯。給人一種懷念的感覺。」

當自己開口之後，才發現我已經把仰慕我的他們視為自己人。正因為如此，才會不惜使用【恢復】幫上他們的忙。

「我比較喜歡那樣的凱亞爾葛喔。」

「那麼等到了結一切，讓世界和平之後，要不要來這個村落？一邊種植田地一邊打獵，這樣的生活或許也不錯。」

「這夢想真棒呢，感覺很幸福。」

我和夏娃相視而笑。

他們願意爽快地接納我們，而我也回應了他們的想法。像這種狀況就稱之為幸福吧。

這個場所對我而言，在某種意義上是種救贖。

我們分別騎上了兩頭馳龍。

當然，也有好好地揹著神鳥之蛋。我製作了專用的背包，今後打算形影不離，隨身攜帶。

我揮舞鞭子，讓馳龍奔馳。

就去接受那什麼神鳥的試煉吧。

這可是只有夏娃的祖先成功通過的試煉。實在太有趣了，讓人躍躍欲試。

為了得到可愛的寵物，我加快馳龍的速度。

第八話 回復術士作了過去的夢

我站在墓前。

這裡是爸爸和媽媽的墳墓。

有個人為了這樣的我撐傘。

「凱亞爾葛，伯父和伯母那件事……真的很讓人難過。我爸媽說，如果凱亞爾葛願意的話可以跟我們一起住。如果你願意當我的弟弟，那我也會很開心。噯，要不要一起住呢？」

安娜小姐是我隔壁的鄰居，也是我憧憬的對象。她很擔心我今後將孤零零一人。

……幸好今天是下雨天。

如果不是下雨大的話，我在啜泣這件事，就會被自己憧憬的安娜小姐發現。

爸爸和媽媽採收完蘋果拿去市場賣後，就再也沒有回來了。

似乎是馬車遭到魔物襲擊。

不只爸媽，有許多人也同樣一去不回。如今我總算能接受事實，來這邊為父母掃墓。

「安娜小姐，我不會去的。」

「可是凱亞爾葛孤單一人的話……」

「不要緊，爸爸和媽媽把生存所需的所有知識都教給我了，我一個人也可以活下去。我會栽種蘋果，會去狩獵，會好好過日子的。」

我明白去安娜小姐家會過得比較輕鬆。

但我不想這麼做。

光是想像自己忘記爸爸和媽媽幸福地過活，我都快吐了。

「可是凱亞爾葛現在年紀還小……」

「和那無關。今天之所以會來這裡，就是要向爸爸他們說我一個人也不要緊。要讓爸爸他們聽到我的誓言。我……如果……如果能獲得強力的職業(職階)……到時……」

「我要成為英雄。把邪惡的魔族全部打倒，再也不讓這樣的悲劇發生。」

我握緊拳頭，向在天國的父母發誓。

我如此決定。

為了變強，我不可以仰賴他人。從現在起，我要一個人活下去，獨自奮鬥。

安娜小姐看著我，露出悲傷的笑容開口說道：

「如果你沒辦法獲得強力的職業，而且還是完全不適合戰鬥的職業，到時凱亞爾葛有什麼打算？」

「到時……」

我轉頭打算說出答案……

「凱亞爾葛大人，凱亞爾葛大人，快起來！」

◇

身體被某種柔軟的物體搖動。

我睜開眼睛。

映入眼簾的是一名擁有白色狼耳和湛藍眼睛的美少女。

「是剎那啊，到底怎麼了？」

我環顧四周，發現還是昏暗的清晨時分。

我們現在正在要前去接受神鳥試煉的路上。

由於太陽下山，所以找了個地方野營，除了剎那以外，芙蕾雅也在這裡，正裸著身子舒服熟睡。

我記得昨天是芙蕾雅的專屬日。

「凱亞爾葛大人，你呻吟得好厲害。」

是嗎，所以是因為擔心才把我叫醒的啊？

我摸了摸剎那的頭。

「謝謝妳。因為我作了個有點不愉快的夢。」

「恐怖的夢？」

「不，那並不恐怖。只是被以前愚蠢的自己擺了一道，害我差點就吐了。」

當時的我深信只要能把所有魔物趕盡殺絕，魔物就會全部消失，從此便不會再發生悲劇。

……然而那只是單純的幻想。

就算魔族消失，還是會有魔物接二連三地出現。

倒不如說，有魔族在統率著魔物，反而能讓損害減少。

真是個笨小孩。

就因為是這樣的笨蛋，所以被選為勇者之後才會高興得忘我，被芙列雅公主還有國王欺騙利用。要是我稍微有點戒心，就會形成完全不同的結果了吧。

話說起來，那天我跟安娜小姐說要是自己沒得到強力的職業，會打算怎麼做來著？想不起來了。

算了，沒關係。反正只是小孩子的胡言亂語。

「凱亞爾葛大人過去的夢？話說回來，剎那沒聽過凱亞爾葛大人提起往事。剎那很在意凱亞爾葛大人還是小孩時，是個什麼樣的孩子。」

剎那就如她的語氣，滿是好奇的眼神一閃一閃。

她把身子往前挺，搖著尾巴的模樣十分可愛。

其實我並不是很想提過去的事，但既然剎那如此希望，聊一下也無妨。

「只是一般蘋果農家的小孩啦。平時會栽種蘋果，在不用照料蘋果的季節，我好像經常會和爸爸一起去打獵。然後就是很熱衷賺取小費。因為靠幫忙家裡栽種蘋果或是打獵賺到的零用錢，根本不夠。」

記得當時的我還挺貪財的。

所以還沒滿十歲就已經在從事各種生意。

「凱亞爾葛大人，你當初做了些什麼？」

「畢竟我們家是蘋果農家，經常有許多蘋果不是被蟲咬過就是曬傷，再不然就是傷痕累累或是形狀不佳，沒辦法當成商品賣出去。我會去跟父母要那些蘋果，打碎以後製成果汁，或是烤成餅乾拿去市面販賣。幸運的是，隔了兩個城鎮的地方有個會來採購蘋果的點心師傅，我和他感情不錯，他教了我各式各樣的技巧。從那之後我就非常擅長做甜點，也開始賣像是蘋果派之類的商品。」

話說回來，不知他過得如何？

自從爸爸和媽媽死後，他也依然是我們家的顧客，持續採購蘋果。

他迷上了我們家蘋果的味道，自從換成還是小孩子的我栽種，他也用自己的舌頭判斷味道一如往常，認同了我的專業。

雖說他有傳授我做甜點的祕訣，但我沒辦法像他做得那麼好吃。真懷念那個味道。

他不會計較利益得失，可以說是我真正的朋友。

時至今日，真想再見他一面。

「凱亞爾葛大人擅長做甜點嗎？」

「嗯，還挺有一套的喔。」

畢竟我踏入這領域很長一段時間。我當初還絞盡腦汁，下了不少創意工夫，為的就是要想辦法增加銷售額。

不知不覺間，也增加了不少死忠顧客，成了村裡的名產。這也幫我父母的蘋果打響知名度，當時父親還稱讚我說「能增加銷售額都是你的功勞」，從那之後我就更有動力了。

「嚇到了。因為凱亞爾葛大人以前從來沒有做過甜點。」

「也對。剛好，今天早餐就來做看看吧。」

說著說著，又讓我想挑戰他的味道了。久違地來做做看吧。

「好期待！」

至於材料，就用手頭上的東西來設法解決吧。

如果能讓剎那開心，稍微努力一點也未嘗不可。

剎那正搖著尾巴。我緊緊抓住那條尾巴開始把玩，剎那就發出了煽情的聲音。

我們舌頭交纏，進行了大人的接吻享受剎那後，我移開嘴巴。

「在吃甜點前，先來進行晨間侍奉吧。」

「嗯。剎那會加油，努力侍奉凱亞爾葛大人。」

剎那立刻開始晨間的侍奉。

她比平常還要更加來勁。

剎那幫我服務完後，就會帶著沒有體力的芙蕾雅、夏娃還有艾蓮展開特訓。

我就趁那段時間烤個派吧。甜食可以滋潤疲倦的身軀。

◇

目送剎那等人出發後，我開始製作甜點。

我把水、蛋以及油加進麵粉裡面開始揉搓。

雖說得讓麵糰靜置個一小時左右，但我可以用【恢復】活性化麵糰藉此縮短時間。

麵糰完成後，再來就是配料。

當然不會有砂糖那種高級食材，所以我用手邊的薯類製成酒後將其煮乾。這樣一來就會揮發掉酒精濃縮出糖分，成為了甘甜的糖漿。

這褐色的濃稠糖漿光是這樣就很美味。

將為了要補充維他命而採收的越橘、蛇莓，碎核桃等加進裡面，並沾上糖漿快炒。

炒熟之後，確認有充分發揮出越橘和蛇莓的甜味，我便將內容物先移到其他容器，清洗平底鍋。

好啦，接下來開始烤派。

「有烤箱會更好，但就算沒有也有辦法做出來。」

我在平底鍋上塗上大量的油。然後，把薄派皮放在平底鍋上鋪好鋪滿，開火加熱。等到派皮加熱到一定程度，再把剛才移到其他容器上的那些淋滿糖漿的配料倒在上面。

「得做個蓋子才行。」

我在旁邊將派皮製成格子圖案，再把它貼在一塊石頭上，連石頭一起烘烤。

這就是派的蓋子。

我預估平底鍋裡的派皮已經烤好之後，使用糖漿和剩餘的派皮，將平底鍋裡的派和派蓋黏起來。

這樣一來，一份簡單的蛇梅越橘核果甜派就大功告成。

有股香甜的味道。

畢竟在旅行途中沒什麼機會吃到甜食，剎那她們肯定會很開心。

「好啦，該來裝盤了。」

我推敲平底鍋冷卻的時間，將派移到盤子上。

多虧用平底鍋塑型，烤好的派形成一個漂亮的圓形。格子圖案的派蓋也好好黏在上面，從外觀來看，和用烤箱烘烤的派相比也毫不遜色。

好啦，真期待快點吃到。

如果是平底鍋大小的派，只要有一份，大家的肚子應該就能獲得滿足……不對，我們還有剎那和夏娃在。反正還有時間，就再烤一份吧。因為那幾個女孩真的很會吃。

◇

「凱亞爾葛大人，我們回來了。」

「……剎那……果然是……魔鬼。」

「我已經相當習慣了呢。」

由剎那領頭，芙蕾雅和夏娃也跟在她後面回來了。

而在她們的身後，艾蓮也拖著沉重的步伐跟在後頭。雖說走得比較慢，但似乎已經鍛鍊出能堅持訓練到最後一刻的毅力和體力。

「奇怪，凱亞爾葛大人？好像有一種甘甜的香味。在這種森林裡面，應該不會有這種味道才對啊……」

芙蕾雅用鼻子嗅著氣味。

「真的耶……啊，之前凱亞爾葛有說過要烤蘋果派對吧？難道說你真的做好了？」

看樣子，夏娃似乎還記得我們兩個在馳龍上面閒聊的內容。

「可惜的是我們手邊沒有蘋果，所以今天做的是混搭了蛇莓、越橘以及核桃的派。不過這可是既甜又充滿營養喔。」

蛇莓和越橘有著豐富的維他命。

核桃也蘊含了以脂類為主的大量營養素。只要吃下我做的派，肯定馬上就會恢復精神。

「哇～真令人期待。我肚子都快餓扁了。等艾蓮一回來，我們就來吃早餐吧。」

這樣說完後，芙蕾雅的肚子就發出了咕嚕咕嚕的叫聲。

以前只要和剎那訓練完後都會累得東倒西歪，根本沒辦法吃早餐，這是很顯著的進步。

「凱亞爾葛哥哥，我總算……回來了。」

稍微晚了一點回來的艾蓮鐵青著一張臉如此說道。

那狼狽不堪的模樣和前陣子的芙蕾雅如出一轍。換句話說，只要她願意堅持下去，至少能鍛鍊到像現在的芙蕾雅一樣。

「辛苦了，喝下這個休息吧。」

「好，謝謝……哥哥。」

她一屁股坐下，快速地將我遞給她的恢復藥一飲而盡。

這種恢復藥添加了能增加體力的各種主要成分，還具有恢復疲勞的效果。

雖說這樣不太公平，但要是不給她這種東西，她整天都會無法動彈。

喝完恢復藥後，艾蓮明顯地恢復了精神。

「那我們來吃早飯吧。這是添加了大量甘甜果實的特製甜派，好好享用吧。」

我也好久沒做甜點了。希望做得還不錯……

◇

我把甜派分成了五等分。

就如同女孩子喜歡甜食的這個法則，除了我以外的所有人都凝視著久違到的甘甜點心。

我小心翼翼地分成五等分。畢竟她們有可能會因為大小不均而爭吵。

我聚精會神，順利地分成均勻的大小。

……不過，這樣的擔憂似乎也是徒勞無功。

結果她們因為哪份甜派裡面塞了最多水果而起了口角，於是最後決定用擲硬幣來決定選擇順序。

如此這般，我們開始享用稍微遲了一些的早餐。

響起了咬下甜派時發出的鬆脆聲音。

「凱亞爾葛大人，好好吃。剎那想要每天都吃到這個甜派！」

「口感酥脆又甜甜的，太美味了。」

「……所以你說自己會做甜點不是開玩笑的呢。凱亞爾葛和甜點實在很不搭耶。雖然不甘心，但的確很好吃。」

「凱亞爾葛哥哥什麼都會呢！」

大家都津津有味地吃著甜派。

從她們吃東西的樣子來看，這並不是在奉承我。

我也吃吃看吧。

派皮酥脆，用煮過的甜酒製成的糖漿與酸甜的蛇莓及越橘無比搭配，點綴用的核桃也散發出不錯的風味。

雖說是臨時湊合著用的食材，但成品比我預期的還好。

有飽足感，而且甜味可以激發出旅行的動力。看到大家比我還要開心也很令人高興。要是有機會再來做吧。

貪吃的剎那和夏娃寂寞地看著空空如也的盤子，看來她們已經吃完了。

「還有一份甜派，我切成小塊分給想要再來一份的人。想吃的就舉手吧。」

我說完這句話後，所有人都舉起了手來。

居然連芙蕾雅和胃口小的艾蓮都想再來一份，實在意外。

我露出苦笑，將另外一份甜派切成四等分。我只要吃一份就滿足了。

看到比第一份切得更大塊的甜派，剎那等人津津有味地將它吃得精光。

……看著這樣的她們，讓我想起了夢的後續。

當時，我是這樣說的。

「到時候……我會一輩子守護爸爸和媽媽為我留下的這個蘋果果園。會種出好多好吃的蘋果與甜點，讓生活在這個艱苦世界的每個人都能得到幸福！即使我不夠強大，無法打倒魔族和魔物，也會用自己做的東西支持大家。我會選擇以這樣的方式戰鬥。」

要是沒被選為勇者，那我現在或許還種著蘋果，烤著蘋果派，看著人們吃下後稱讚我的手藝，細細品味這樣的幸福，應該會過著這樣的生活吧。

和戀人結為連理，思考小孩的名字，擁有那種理所當然的幸福……

「那算什麼啊。」

我自嘲著這種比甜派還要天真的幻想。

那樣的路早已消失。因為我已經選擇了不同的道路。

成為【癒】之勇者，墮落成一個畜生，儘管意識到自己是個畜生依舊還是隨心所欲、自由自在地過活，並將一切得到手。

對此，我沒有任何的後悔。

我有錢，得到了像剎那她們這樣最棒的女人，身體和心靈都是自由的，還獲得了壓倒性的力量。怎麼可能還會比現在還要幸福呢！

我把剩下來的最後一口甜派吃下肚。

我不再沉浸在天真的感傷之中。

明天就要開始挑戰神鳥的試煉。

我要表現出我現在的風格，想怎麼做就怎麼做。

「難道說，是你讓我作那個夢的嗎？」

放在專用背包裡的蛋突然一震，於是我試著向它搭話。

之所以會夢到那種天真的夢境，說不定該歸咎於這顆會吸收魔力和心靈神鳥之蛋，它可說是映照術者的一面鏡子。

如果是這樣就傷腦筋了。

我可不希望它長得像我那老早就捨棄掉的天真自我。

算了，在這煩惱也沒用。

因為我現在也只能向前邁進。

大夥吃完早餐了，那麼就繼續動身前進吧。今天預定要抵達神鳥所在的溪谷。

第九話 回復術士造訪神鳥溪谷

用甜派填飽肚子之後，我們騎著馳龍在山路上奔馳。

「夏娃，朝這條路走沒錯吧？」

「對啊，我想大概可以在太陽下山之前抵達吧。」

「知道了，不過實在閒得發慌。」

這條山路上樹木稀少。

周圍沒有魔物的氣息，所以甚至不能狩獵。

也差不多看膩周圍的景色了。想要來點刺激。

「對了，艾蓮。我想到一個好點子了。我們騎著馳龍，同時在上面享受結合的快感，妳覺得如何？」

讓身體隨著馳龍的前進擺動也挺有意思。這樣不僅可以享受好一段時間，也是個不錯的娛樂。

「……這樣我很難為情。不過，如果凱亞爾葛哥哥這樣希望，那也沒關係。」

艾蓮害羞了起來，從桃色的秀髮空隙中窺見的耳朵已經整個都紅了。

「那妳就面向我這邊抱過來吧，然後用雙腳夾住我的身體……」

「凱亞爾葛，你又在說那種奇怪的話了。明明我最近才對你另眼相看耶！凱亞爾葛是不是罹患了一種只要我對你另眼相看，你就會馬上把一切都搞砸的病啊？」

因為夏娃喊得很大聲，害得受到驚嚇馳龍猛然晃了一下。

我明明只是開個玩笑而已，她也看得太認真了。

看到她做出這種反應，反而讓我更想做。

「只是普通的凱亞爾葛式玩笑啊。雖然我的確是覺得那樣會很有意思啦。」

「……真可惜，還以為能讓凱亞爾葛哥哥疼愛我的說。」

看到艾蓮用悔恨的表情看著自己，夏娃一臉詫異。

「艾蓮，這種事妳就等今晚再慢慢做吧。今天是妳的專屬日。」

「我很期待。我一直都盼望著輪到自己的這一天！」

一邊這樣說著，艾蓮一邊往我的胸口靠了過來。

這女孩明明還小卻相當色情。各種方面都很積極主動，真期待今晚會擦出什麼火花。

雖說我放棄在馳龍上大玩活春宮的念頭，但還是抓準夏娃的死角，將手伸進艾蓮的裙子大玩特玩。

艾蓮為了不讓夏娃發現也壓低聲量，這點也很讓人興奮。

興致大發的艾蓮開始用屁股磨蹭我的那裡。

「話說回來，夏娃。我姑且先向妳確認一下。妳不是會一種召喚魔術，可以召喚寄宿在妳羽翼上的黑翼族靈魂嗎？那個不能用對吧？我想在挑戰神鳥試煉之前詳細地確認一下我們的手牌。」

我想起了在第一輪的世界和夏娃戰鬥時的情況。

那招會接二連三召喚出黑色翅膀的墮天使們展開攻擊，非常棘手。光靠那股力量就足以正面擊退【劍】之勇者布蕾德。可以的話我想倚靠那股力量。

「……辦不到。我沒辦法使用那股力量。」

夏娃的語氣聽起來意有所指。

我的直覺告訴我。

她口中說的「沒辦法用」並不是指等級還是技巧方面，而是感情方面的問題。

「明白了，那我們就不靠那招。還有，現在妳已經對光魔術算是得心應手，我想差不多也該開始學習闇魔術了吧。那種能力也很方便。」

「嗯，拜託你了。我也想增加自己能辦到的事情。」

自從去了黑翼族的村子後，感覺夏娃變得比以往更加積極。光是這點，就可以說去黑翼族的村落是趟有意義的舉動。

我回想起米爾爺的臉，然而鞋帶卻斷了。希望別發生什麼不吉利的事情。

那個人是難得一見的好人，我對他也頗有好感。

◇

我們中間休息數次，騎著馳龍過了幾個小時後，總算抵達了目的地。

這裡是神鳥居住的溪谷……正確來說是前面的山丘。我們今天要在這裡野營。

「真驚人啊。整個溪谷都籠罩著白霧……從那片白霧可以感受到一股強大的魔力。」

「那可不是普通的霧喔。裡面的時空扭曲，一旦衝進霧裡就不知道會穿越到什麼地方。能在那片霧裡自由行動的只有神鳥。」

「原來如此。難道說，只能在規定的時期才能接受神鳥的試煉，就是因為那片霧嗎？」

「嗯，霧氣的動向好像會根據星辰和月亮的運行而改變，從明天開始的這幾天，霧氣的另一頭將會確實地通向神鳥的溪谷。要是錯過這個時期，進入那裡就只是單純的自殺行為喔。」

真是有趣的設計。

然後，必須要留意的不只是進去的時候，離開的時候也一樣。

「我們可以順利離開嗎？」

「根據傳說，如果還沒得到神鳥大人的承認就離開這片白霧，就會被轉移到意想不到的地方去。一旦進去了溪谷，直到試煉結束之前甚至沒有辦法逃走。」

「我了解狀況了。今天就養精蓄銳，等到明天早上再挑戰神鳥的試煉吧。」

無論如何，今天霧的那一頭並沒有通向神鳥的溪谷。

今晚，夏娃將觀看星辰的排列，判斷我們到頭來究竟能不能進去。

剎那她們倆騎的那頭馳龍也追上來了。

開始準備野營吧。

◇

設置好野營後，我和夏娃出去調度晚餐。

察覺到了魔物的氣息後，我和夏娃兩人飛奔而出。

找到的魔物是灰色的大型犬。牠的特徵是前腳的肌肉異常發達，爪子肥大化。

「夏娃，你跟得上來嗎？」

「多虧了剎那，我已經鍛鍊出足夠的體力。」

畢竟是犬型魔物，動作相當迅速。

即使如此還是能跟上牠的速度，是因為我們的等級提高，狀態值也跟著上升。

我的【翡翠眼】看出那個魔物具有適應因子。因此還是想設法收拾牠。

雖說我用【改良】特化速度之後應該就能輕易追上，但這次就讓夏娃努力看看吧。

我正好想讓她修行一下闇屬性的魔術。

「夏娃，用用看闇之魔術吧。最簡單的那種就行。用黑暗圍住狗的周遭一帶，辦得到嗎？」

闇魔術顧名思義，就是操控黑暗的魔術。

和光屬性以及其他四屬性不同，難以附加直接性的攻擊力。如果不是中級以上的魔術無法具有破壞力。

然而卻具有應用力，可以用在出其不意。

「知道了，我試試看。」

「用全力把範圍盡量擴大。」

「看著吧，喝啊啊啊啊，【漆黑】！」

夏娃張開翅膀並伸出雙手。

以全力奔馳的犬型魔物為中心……她是這麼打算的，然而卻在離得非常遠的地方出現了一顆黑球，黑暗一口氣擴散開來。

周遭被黑暗籠罩，頓時看不見前方，此時傳來了一聲笨重的聲響。

儘管野狗一類就算在夜路也能奔跑，但在連一絲光芒也無法照射進來的完全黑暗之中，自然會演變成這樣。

即使如此，用我的【翡翠眼】依然能洞悉一切。

被奪去視野後，犬型魔物撞上了樹木。

這會造成眼前的視野突然消失，是非常有效的手段。

「夏娃，幹得好。接下來用光之魔術，妳要好好瞄準啊。」

我停下腳步站在夏娃背後，將她的指頭指向腳步踉蹌的犬型魔物。

「凱亞爾葛，這裡可以嗎？」

「完美。」

「那我要上嘍。【光之箭】！」

從夏娃的指尖釋放出一道光芒。

光之箭劃開黑暗，直線朝向所指的方向前進。

她成長了不少。雖說是基本的光之魔術，但正確地朝向瞄準的地方飛去。

光之箭貫穿了犬型魔物的頭。

夏娃釋放的黑暗散去，因此她也看到了頭被貫穿的犬型魔物。

「太好了！凱亞爾葛，我辦到了。」

「妳現在已經具備紮實的基本功夫。下次再試試稍微難一點的魔術吧。」

「嗯！真令人期待。我最近開始覺得修行魔術真的很有意思！」

夏娃已經是出色的戰力。

光是從後方連續擊發具有強大貫通力，能夠筆直前進的【光之箭】，就是非常有效的支援手段。

「但是，凱亞爾葛為什麼能教我光還有闇的魔術啊？而且還是很困難的那種？」

「蠢問題。」

這兩種魔術非常稀有。

實際上，在我從夏娃身上【模仿】過來之前，也無法使用這兩種魔術。

然而一旦掌握，要開發便是輕而易舉。

畢竟我知道有關魔術的所有知識和訣竅，所以曾在私底下偷偷練習。

「總之妳就看著吧。」

我用【改良】將光魔術設置為技能。

然後，在手掌上創造出一個光球並扔了出去。

扔出的光球爆開，八道光箭射向四面八方，穿越結在樹上的果實與樹枝的縫隙之間，不傷果實就將其擊落。

落下的果實乘著煦煦微風吹送到我身邊。

「其實我希望妳至少能達到我這樣的精度啦。」

「怎麼可能啊！是說，為什麼凱亞爾葛辦得到啊！」

「才能和努力。夏娃的才能比我出色，只要妳願意努力，總有一天肯定能學起來。好啦，我們回去吧。反正晚餐和甜點都到手了。」

這頭犬型魔物就燉來吃吧。

能提高速度的適應因子非常有價值，是很重要的狀態值。

而且吃下肉也能補充精力。

在明天試煉之前，著實可以提振一下士氣。

◇

然後，天亮了。

為了在接受試煉前先溫存體力，今天暫停剎那教官的訓練課程。

用完早餐後，我們來到白霧的面前。

「出發吧。只要踏入這裡一步，在達成試煉為止都沒辦法離開。而且，如果挑戰試煉失敗就只有一死。過去除了一個人以外，從來沒人成功通過試煉。如果有人覺得害怕，就算和馳龍一起在這邊留守也無妨。」

說完之後我望向大家的臉，別說害怕了，反而還充滿了鬥志。

「我沒辦法想像凱亞爾葛大人會輸。而且我可是凱亞爾葛大人的隨從。」

芙蕾雅露出溫柔的溫柔。

「剎那是凱亞爾葛大人的所有物（道具）。道具不和主人一起就太奇怪了。」

「比起試煉，我更害怕和凱亞爾葛哥哥分開！」

連小孩子二人組也充滿了幹勁。

然後……

「神鳥的試煉是我要接受的試煉。我不能每次都把所有事情交給凱亞爾葛處理嘛。再說，我已經不會再逃跑了。」

夏娃露出灑脫的笑容。

看起來甚至很開心。

「知道了。那我們就所有人一起去吧。」

就這樣，所有人互相點頭，踏進了白色之霧裡面。

我很高興沒有任何人臨陣脫逃。

心情止在亢奮。無論發生什麼事，我想我們都不會輸。

第十話 回復術士接受神鳥的試煉

全員踏入了白霧裡面。

映入眼簾的，是一座純白的城鎮。

這裡是由白色石頭打造的城鎮。寒冷的空氣輕撫著臉頰，感覺極其荒涼。沒有活人的氣息，甚至也不感覺到任何生物的氣息。

「大家都還在吧？」

如果星辰的運行稍有差池，這陣不可思議的白霧就會把人人轉移到未知的地區。因此必須確認所有人都平安無事，盡可能避免我們分散各地。

這陣白色之霧朦朧了周遭視野，因此我用聲音來確認安全。

「凱亞爾葛大人，剎那在這。」

「我也不要緊。」

「凱亞爾葛，我在這裡喔。」

「不用擔心，凱亞爾葛哥哥。」

太好了，似乎全員到齊。

「別離開我身邊。剎那，麻煩妳探索周遭的氣息。芙蕾雅，用【熱源探查】的術式確認周遭有沒有任何生物。」

兩人點頭之後，開始調查周圍。

因為不知道會發生什麼狀況，必須把警戒水準提昇到最高限度。

「凱亞爾葛大人，剎那的耳朵什麼都感覺不到。」

「我也是。至少在半徑五百公尺以內，除了我們以外沒有其他熱源。」

「是嗎，總而言之，先直線穿過街道吧。我想找到神鳥恐怕也是試煉的一環。」

最糟糕的狀況，就是我們誤判了星辰的運行，被轉移到奇怪之處。但要是明講會降低大家的士氣，所以我閉口不提。不過，還是邊確認是否有不對勁的感覺邊前進吧。

我們專心地走在街道上。

這條街道位於城鎮正中央，是條寬闊容易行走的直線道。

走了兩個小時左右，依舊沒看到街道的盡頭。都走了這麼久卻還深不見底，實在異常。

行走時不僅剎那用耳朵時時警戒四周，芙蕾雅也會定期使用【熱源探查】。即使如此，依舊什麼都搜尋不到。

沒辦法。用稍微強硬一點的手段吧。

「剎那，麻煩妳豎起耳朵仔細聆聽。我會射出在著地同時就引爆的光彈，那會以光速飛出。射出去的時候無須在意，只要注意聲音傳回來得花多少時間，就能判斷光彈究竟飛了多遠的距離。剎那，妳已經聽過好幾次芙蕾雅的爆炸魔術發出的聲音吧？如果是那種音量，妳大約可以聽到多遠的距離？」

「只要將魔力集中在耳朵，剎那有自信聽到兩百公里以外。」

「好，那就來試試看吧。」

剎那豎起狼耳，把手放在上面集中魔力，我確認這個動作之後，製作出特大的光球。

這是具有光屬性的爆炸魔術。在光魔術裡面也歸類為上級魔術。

看到這招的夏娃露出羨慕的表情。現在的夏娃絕對不可能使出這招魔術。她的反應也無可厚非。

我釋放出光球。

光球宛如理所當然似的以光速直線前進。

好啦，會在幾秒後聽見聲音呢？

「……開玩笑的吧？」

無論我們如何等待，依舊聽不到聲音。

剎那搖了搖頭。

這就表示……

「換句話說，這條路至少綿延持續了兩百公里以上……搞不好還沒有盡頭。不愧是神鳥的試煉。居然做出如此不合常理的事情。」

只是，再繼續筆直前進也毫無意義。

那麼，該怎麼做才好？

我思考著這件事時，上空突然開始下雪。

以體感來說現在氣溫將近二十度，根本不可能降雪。

不對。這根本不是雪。

「現在立刻躲到建築物裡面！這是毒！」

當我注意到時已經太遲了。

剎那等人一個接一個倒下。只有夏娃看起來雖然很不舒服，但還是勉強站著。

我嘖了一聲。

我自己也中了毒。只是因為【神裝武具】蓋歐爾基烏斯的【自動恢復(Auto Heal)】發動，才總算沒有倒下。

麻煩的是每當開始治癒就會受到毒素侵蝕，進而發動【自動恢復】，使得魔力不斷消耗。

我調整過自己的身體，如今每當中毒就會自行製作抗體，因此同樣的毒對我無效。然而持續滴落的毒素會反覆改變性質，導致製作抗體的速度無法跟上。不愧是神鳥之毒，還真是讓人惱火。

我使出渾身解數揹起剎那、芙蕾雅以及艾蓮。

「艾蓮，需不需要一起揹妳？」

「不要緊，我自己可以跑。」

「那就跟上來吧！」

我們朝向距離最近的建築物跑了過去。

◇

進入建築物後，從白雪中逃脫的我對全員施展【恢復】。

不愧是神鳥的試煉。

如果【恢復】再晚一步，想必所有人都會在此喪命。

大家或多或少都產生了動搖。

像這種時候，必須抱持積極的態度才行。

「能散播這種毒素的只有神鳥。最壞的假設，就是我們被轉移到神鳥不在的某處，至少現在是沒有這樣的疑慮。」

我開著玩笑這麼說道。

這似乎稍微化解了大家動搖的心情。

「噯，凱亞爾葛，我們接下來該怎麼辦？」

「神鳥就在這個城鎮的某處。那我們只要去把牠揪出來就好。但是這裡實在太過寬廣，要把整個城鎮翻過一遍是不可能的。所以要反過來探測魔力。既然牠都為我們降下了這場疾病之雪，那我們就利用它去追蹤神鳥的下落。」

我可以用【翡翠眼】探查這場疾病之雪的發生源頭。

但這麼一來，就必須離開建築物，受這陣雪的侵蝕。我必須下定決心冒這個風險衝出去。

如果我邊用【自動恢復】對抗無法製作抗體的疾病，邊跑向牠的所在之處，那不消片刻就會耗盡魔力，屆時便走投無路了。所以必須忍耐到極限，再以手動方式進行【恢復】，這樣才能在溫存魔力的同時前進。

這場戰鬥的重點，在於是我先抵達神鳥眼前，還是我先倒下。

「大家好好休息吧。」

剎那等人原本想跟著我一起去，但最後還是沒說出口。

因為她們很清楚自己只會成為累贅。

然而，唯有夏娃卻開口說：

「我也要去。」

「不准。我沒有浪費魔力治療拖油瓶的餘裕。」

「不需要治療我也沒關係。黑翼族對毒的抗性比人類還要高出許多，要是我倒下了，大可直接把我丟下不管。」

她的眼神看起來已經有所覺悟。

這讓我想起夏娃說過這個試煉是屬於她自己的試煉。

「明白了。既然妳有那份覺悟，那就跟我來吧。先喝下這個。」

我說完這句話後，拿出了兩罐恢復藥，把一罐遞給夏娃。

「這是？」

「是我特製的營養劑。具有增強體力，以及暫時提高身體免疫力效果的恢復藥。要拿來對抗神鳥之毒只不過是讓自己心安，但總是聊勝於無。」

我自己也先喝吧。

接著是操作蓋歐爾基烏斯的設定，關閉【自動恢復】。

◇

我和夏娃在鎮上奔馳。

我發動【翡翠眼】，追尋疾病之雪的源頭。

並強化身體能力，在石造住宅的屋頂上奔跑。

由於穿著防雨對策的雨衣，稍微效降低了這陣毒雪的影響。

「夏娃，不要緊吧？」

「完全沒事。」

夏娃在逞強。

我用眼睛確認了夏娃的身體狀況。她其實隨時倒下都不足為奇。

不過，我們馬上就會抵達詛咒之雪的發生源頭。

到了。

那是個白色的球體。從浮在高空的白色球體吹出了大量的疾病之雪。

「夏娃，妳可以擊落那個嗎？」

「交給我！」

夏娃舉起手掌朝向天空。

凝聚魔力……

「【光之槍】。」

她從掌心射出光槍擊向白球。

這與從指尖放出的【光之箭】相較之下，具有更為壓倒性的魔力。

光帶貫穿白球。白色球體被鑿出洞來，接著裂紋以該處為中心往外擴散，終於，球體碎裂。白雪也不再降下。

然後，從白色球體之中，是用翅膀包裹著全身的巨大鳥類。具有像老鷹那樣俐落外型的白鳥。那顆白色球體似乎是那傢伙用來睡覺的蛋。

那傢伙的真實身分是神鳥咖喇杜力烏斯。發現那傢伙，打碎蛋殼就是最初的試煉。那就意味著接下來還會有狀況發生。

我的預感應驗了。

神鳥咖喇杜力烏斯張開翅膀，在那一瞬間，一切都被黑暗所籠罩。

無論是白色的石造城鎮還是夏娃，我什麼都看不見了。

簡直就像是被帶到別的世界似的。

「記得他說過神鳥的試煉是戰勝病魔，考驗心靈對吧。」

我想起了米爾爺告訴我的事情。

如果剛才為止是疾病的試煉，那接下來應該是考驗心靈的試煉。

牠到底會怎麼出招呢？。

「夏娃，妳沒事吧？」

我感覺不到夏娃的氣息。我們被分開了。又增加了一項必須快點突破這個試煉的理由。

無論要進行什麼試煉，實在希望牠能快點動手。

不知道是不是我的願望傳達出去，開始了很像試煉的狀況。

從我的周圍傳來了腳步聲。

「我好恨，我好恨，都是因為你害我失去了一切。」

從前被我殺死的芙列雅公主的禁衛騎士隊長現身。他渾身是血並咒罵著我。

「要是沒有你、沒有你的話，我就能上更多可愛的女孩了，都怪你不好。」

我執行復仇，剝下她假扮男人的面具，在最後的最後以女人身分死去的【劍】之勇者，也流著血淚惡狠狠地瞪著我。

除此之外，還接二連三出現了至今被我殺害的傢伙，並口吐怨言。

原來如此，這是我的罪業啊。

看樣子，神鳥的試煉就是一種面對自己罪業的試煉。

亡者們一個接一個譴責我的罪行。

他們好像不允許我繼續活下去。

所有人齊聲咒罵，詛咒我死去。

如果是一個正常人，說不定會意識到自己的罪過，受良心譴責選擇死亡。

「啊哈哈哈哈哈哈哈！」

一回過神，我已經笑了出來。

啊啊，真痛快。

是嗎？原來這幫傢伙這麼恨我啊？

就跟過去的我一樣。

實在是……這實在是太棒了。我的復仇果然沒有錯。

因為，這幫傢伙……是這麼地憎恨著我啊！那股恨意就是我的快樂！居然恨我恨到即使死了也要詛咒我，這樣我辛苦總算是有了代價。

更重要的是……

我一手揪住禁衛騎士隊長的頭，直接砸向地面壓爛。

接著奪下他的劍，用那把劍砍下【劍】之勇者布蕾德的首級，再把那顆腦袋踢到亡者的集團之中，羞辱屍體。

「我正好覺得復仇不夠啊。該說是那種小便沒排乾淨的感覺嗎？我很後悔居然沒有充分折磨你們。謝謝你們願意活過來！這樣我又能殺死你們，凌辱你們。神鳥真是太親切啦！」

居然能殺死憎恨的對象兩次，這實在再幸福不過了！一定是我素行良好，神鳥才會給我這樣的獎勵！

我不知道神鳥這麼做究竟有什麼意圖。

但是不會再有這樣的機會了。

能夠第二次品嘗到應當不會再發生的復仇滋味。為了品嘗這份幸福，我會殺死這些亡者，折磨他們，羞辱他們，將他們碎屍萬段。

好啦，現在才要開始享樂呢！

第十一話 回復術士克服神鳥的試煉

在被黑色牆壁所包圍的寬廣房間之中，我被過去完成復仇時殺死的那群傢伙給團團包圍。

這裡別說門了，就連窗戶也沒有，要逃走是不可能的。

不僅身處這樣的狀況，亡者們好像還對我懷恨在心，吐著詛咒的話語朝我襲擊過來。

所以我侵犯他們、傷害他們，摧毀他們的一切。

只是殺死實在無趣，所以我將他們的肉體、心靈以及魂魄都徹底羞辱了一番。

想必這幫傢伙很恨我吧。但我又何嘗不是。我正好覺得還沒有復仇夠本啊。

「啊哈哈哈哈哈哈！怎麼啦？不是很恨我嗎？不是要殺我嗎？」

回過神來，我已經笑了出來。

畢竟能夠復仇兩次啊，我怎麼會這麼幸運……然而，那完全是我會錯意了。

豈只是兩次……

「根本是隨我殺到爽啊！你們到底會讓我享受多少次這種快感？你們實在是太棒啦！」

從第十次之後就沒再一一細數。

無論殺了幾次都會復活過來。

而且，看來對方會很規矩地將每次被殺的事情牢記在心。

因為他們的反應會根據殺害次數變化，看來實在有趣。

到第二次為止，每當被我殺死，對方就會更加憎恨，更加激烈地襲擊過來。

大約超過五次之後，動作便開始失去精彩，反而有所猶豫。

當超過十次左右，恐懼的情感好似已比憎恨更勝一籌。明明讓他們憎恨不已的我就在眼前……明明就想殺死我，然而別說是襲擊過來，他們甚至開始逃跑了。

當我主動接近後，居然還哭著懇求要我原諒他們。

真奇怪，應該是我求你們放我一馬才對吧？既然是亡者，就該像個亡者才對啊。

現在也有一個人在哭著央求我放過他。我打碎了那傢伙的頭，刻意給他造成大約七成的致命傷，為的是讓他在死前都體會到恐怖的滋味。

「接下來，該用什麼樣的方式殺死他們呢？」

為了不使自己厭倦，思考各式各樣的嶄新殺戮方式還挺讓人樂在其中。

能為了今後的復仇盡情實驗。

要折磨他們到不足致死的程度，老實說頗有難度。

一旦做得太過火就會不小心錯下殺手。要拿捏這點只能累積經驗。所以現在這種狀況簡直就是求之不得。

「好痛好痛好痛好痛好痛好痛好痛好痛好痛好痛好痛！」

禁衛騎士隊長……名字叫什麼來著？因為無關緊要我都把他給忘了。

那傢伙被我用【改惡】裸露出全身的神經，流著眼淚和口水在地上痛苦打滾。

這樣做的話，痛覺就會是平常的一萬倍，光是被風吹到就會產生劇烈疼痛，這樣一來，就算只是摔個跤也會彷彿置身地獄。會痛到連昏過去也辦不到，陷入發狂狀態。

還有其他特別套餐。我試著讓【劍】之勇者的細胞異常增殖，接著她便像氣球一樣膨脹，應聲爆裂。

實在是悽慘，醜陋無比。

看著那個臭女人對自己變成怪物的身影感到絕望死去的模樣，實在引人入勝。

「嗯，這兩種招數都很實用。」

雖說是靈機一動想到的，但無論是裸露出神經還是讓細胞異常增殖都很精彩。

首先，是能馬上讓對方動彈不得，接著再花費時間給予對方難以想像的痛苦與恐懼，甚至連昏迷也不被允許。今後遇上光是殺死也無法消我心頭之恨的對手時，就積極使用吧。

一不小心就興奮到害我勃起了，隨便抓了其他亡者過來強姦後舒暢了不少。膩了後就把頭砍下，找尋下一個獵物。

話說回來，剛才強姦的是誰來著？噢，我想起來了，是害我中意的咖啡廳被砸爛的女人。明明我好心留她一命，後來還是死了啊？真是遺憾。

哦，【劍】之勇者馬上就復活啦。

我朝著她笑了一聲後，那傢伙就嚇到挺不起腰，連劍都沒拿就在地上連滾帶爬逃走。

「不要啊啊啊啊啊啊啊！我受不了了啊啊啊啊！是我……是我不好，所以啊啊啊啊！別再過來了！」

她流下眼淚，還失禁了。

女人的那裡會溼，就代表她希望被人侵犯。

我按照她的要求追上去之後，一把抓住她後面的頭髮，從背後侵犯她。

雖說她吃了不少女人，但好像沒什麼逗弄過自己的蜜壺，既狹窄又硬挺。

「住手啊啊啊啊啊啊啊啊啊！我被男人……嗚嘔嘔嘔嘔嘔嘔嘔嘔嘔！不要啊啊啊啊啊啊啊啊啊啊！」

儘管緊度不是很好，但對這個喜好女色的【劍】之勇者來說，被男人侵犯會產生強烈的抗拒感，所以她發出慘叫不斷哭喊。

明明我在辦事的時候破綻百出，其他亡者卻沒有襲擊過來。

不僅如此，甚至還用雙手拍打著看不見的牆壁，大聲叫喊著「放我們出去」。

往【劍】之勇者布蕾德體內射出精液後，我如此大叫：

「來啊，不是很恨我嗎？不是想殺我嗎？剛才的氣勢都到哪去了？不是都在那邊叫囂著說要殺掉我嗎！不是說絕不原諒我嗎！啊？但現在卻說什麼原諒我，什麼不要過來！你們憎恨的我就在這裡啊！你們的復仇心就那種程度嗎！啊哈哈哈哈哈！」

啊啊，真快樂。

過去曾讓我憎恨到殺死的那幫傢伙，居然會如此落魄地想要逃離我身邊。

看來，已經沒有任何人敢向我挑戰。

這裡只有一群哭著求饒，顫抖著逃竄的獵物。我會一個一個追上去，將他們凌虐致死。

實在太膚淺了！如果他們打從心底想要復仇，怎麼可能因為被殺了幾十次，被敵人窮極一切手段凌辱，就甘心放棄！

讓我來教導他們真正的復仇。

和這幫傢伙膚淺的復仇心不同，我無論再殺多少次，再凌辱多少次都不會心滿意足。

啊啊，身為回復術士真是太好了。

用【恢復】癒合傷口恢復體力，用【掠奪】奪走魔力。換句話說就是永動機。能永久地享受這最棒最愉悅的遊戲。

因為我還有很多想嘗試的手段，實在是幫了大忙。

最後的勇者——【砲】之勇者布列特，那個傢伙不僅是同性戀又是個正太控，得讓他品嘗最高級的痛苦滋味。

為此，我必須好好比較、檢討該用什麼樣的殺害方法，才能讓對方刻骨銘心地感受到恐懼、痛苦和屈辱。

靈感陸續湧上。果然實踐是最好的學習方法。馬上就來試試看吧。

「別……別過來！」

「不要，我已經不想再復活了。殺了我啊啊啊啊啊！別再讓我復活了啊啊啊！」

「放我出去，快讓我離開這裡！」

「咿咿咿咿咿！我不會再說什麼去死了！也不會再恨你了，所以請你快點忘了我吧，我什麼都願意做！」

亡者們開始搖尾乞憐。

這副光景實在罕見。

但我不會饒恕。因為我最討厭這些傢伙啦。這樣反而讓我更想做他們討厭的事。

好啦，將著該以什麼樣的主旨來玩呢？

正當我思考著這些事的時候──

亡者們突然開始消失。他們一臉幸福地接受自己被消滅的事實。每個人臉上都浮現了安祥的笑容。

總算解脫了，得救了。

他們嘴裡說著這樣的話。

住手，這樣很噁心啊。要是你們一臉幸福地消失，那我的努力不就白費了嗎？

對了，我想到了一個好主意。

「你們就好好期待吧。等我下了地獄再陪你們玩啊！我衷心期待在地獄和你們再會！」

我使勁地大喊。

真是有趣。亡者們充滿安祥的臉瞬間扭曲，染上了絕望的色彩。嗯，這樣就對了。我絕不允許他們安祥地走向結束。

「好啦，接下來會是什麼呢？這是在試煉之前的加分關對吧？得打起十二分精神，面對真正的試煉才行。」

起初我還以為這是試煉，但試煉應該不會是這麼愉快的娛樂活動。

有股不可思議的浮游感包裹住身體。

想必我又要被帶到某個地方了吧。

◇

睜開眼睛後，發現我身處在白色的房間。

感覺旁邊有人。我轉頭一看，那個人是夏娃。

她流著眼淚，嘴巴喃喃說著對不起。

「夏娃，原來妳沒事啊？」

「……凱亞爾葛。」

哭喪著一張臉的夏娃看到我後便露出笑容，飛奔到我的懷裡。

然後開始啜泣。

我撫摸著她的頭。

「發生什麼事了？」

「尤愛爾、梅洛……還有……娜菈都出現了，然後……然後……」

我不知道那幾個人是誰，但就我剛才經歷的狀況來看，是夏娃過去殺死的，或者是因她而死，對夏娃懷恨在心的人物出現在她的眼前。

「然後啊，凱亞爾葛。大家都在責備我，但是溝通過後，他們說願意諒解我，到了最後還鼓勵我，然後就消失了。明明大家都是因我而死，卻對我說加油……凱亞爾葛……」

夏娃哭得更大聲了。

……溝通後就願意諒解她？最後還鼓勵她？自行消失？

那是什麼鬼？

我不太懂。剛才那是這種試煉嗎？

總之等夏娃冷靜下來之前，都先維持這個姿勢吧。

◇

我們稍微維持這樣一陣子後，吹起了一陣風。

我抬頭仰望天空。有個身長恐怕超過十公尺，純白色的巨大老鷹從天而降。

頭上有非常顯眼的金色羽毛，彷彿就像一頂王冠。

我和那隻鳥對上視線。

牠的眼神蘊含著深邃的智慧。

這傢伙就是神鳥咖喇杜力烏斯嗎？

「渺小的存在啊。恭喜汝等突破了吾的試煉。在這場試煉中，吾測試了汝等的肉體、智慧以及心靈。能戰勝疾病的強悍肉體。即使被疾病侵蝕也能冷靜地抽絲剝繭，抵達吾所在之處的那份智慧，以及面對自身的罪業並順利克服的堅韌心靈。汝等克服了這一切。」

面對自身的罪業並順利克服的堅韌心靈？有試煉測試過那種東西嗎？我完全沒有頭緒。

那一定是只賦予夏娃的試煉吧。

「接受試煉之人絕大多數都因無法承受疾病而腐朽死去。縱使能抵抗疾病，也只想著逃避疾病，躲進吾準備的白色房子閉門不出，根本不打算抵達吾的所在之處。就連極少部分設法抵達的一群人，也被自身的罪業吞噬殺害。然而汝等能夠克服所有試煉，實在了不起。」

汝等？意思是我也通過了測試內心罪惡的試煉嗎？

「請問你說的心靈試煉是什麼樣的內容？」

「在說什麼？汝也挑戰了試煉，順利克服了吧。吾從因汝的罪業而死去的亡魂之中，召喚出懷有強烈情感的魂魄。汝必須面對那些靈魂，並獲得他們的寬恕。罪業越是沉重，召喚出的亡魂就會越多。而且，要讓懷有恨意的靈魂放下仇恨相當困難。然而能辦到這件事的，才是真正內心強大之人。」

……面對他們，說服他們，獲得對方寬恕。

噢，原來得跟那幫傢伙做這種事才行啊？

「假設把那些被召喚出來的亡魂殺了的話會怎樣？」

「只會進一步加深詛咒與恨意。即使被殺，亡者們依然會不斷復甦，到頭來將會被亡者吞噬殺害吧。這是測試堅韌心靈與高尚品格的試煉。到了這種關頭依舊加深罪業之人，無法克服此項試煉。雖說吾並未觀察試煉的過程，但汝實在了得。居然能將那麼多懷有強烈恨意的亡魂全數昇華。想必汝擁有相當強大的心靈，而且還累積了能讓亡者們寬恕汝的德行吧。汝實在是了不起的男人。」

總之，我還是別說發生了什麼事吧。

反正神鳥也沒有觀察試煉的過程。

嗯～不過對上會不斷復甦，擁有不死之身的亡者時，居然可以靠痛苦折磨，徹底凌辱他們的攻略法，致使他們主動祈求自己消滅，真是意外。

「夏娃，妳很努力呢。」

「……這是很煎熬的試煉。但是幸好我有來挑戰。因為能再次見到為了保護我，卻因我而死的人們。而且啊，我把凱亞爾葛的事情跟大家說了之後，他們都很開心。說夏娃總算也找到重要的人……然後啊，他們拜託我要順利當上魔王，守護黑翼族的大家，我也和他們約好了。所以，我今後會更加努力的。」

停止哭泣的夏娃又哭了出來。

……原來如此，這就是正統派的試煉攻略法。

我絕對辦不到。

「對了，凱亞爾葛的試煉是什麼感覺？」

「嗯，很普通啊，普通。呃，該怎麼說，我對因我而死的那些傢伙誠心誠意，飽含真心，不光是靠言語，還用行動表現出我的誠意。最後所有人都心滿意足地回去了喔。」

「凱亞爾葛很厲害嘛。」

我並沒有說謊。我不是用言語，而是用行動表達了我的想法，讓他們沉痛地體會了呢。

神鳥的魔力高漲了起來。

我和夏娃兩個人轉身面向牠。

「渺小的存在啊。賜予汝等通過吾之試煉的獎賞。首先是黑翼族的少女。遵從古老的盟約，賜予汝克服試煉的證明。」

神鳥朝著夏娃的額頭用喙輕輕地啄了一下。

於是，夏娃的頭髮變成了銀色。瞳孔的顏色則變成血色。

……那是我過去曾見過的魔王的身影。

是我誤會了。即使是在第一輪的世界，夏娃也馴服了神鳥咖喇杜力烏斯。

那麼，為什麼她在與勇者（我們）交手時沒有使用？

現在僅僅是像這樣正面對峙就可以明白。

神鳥很強。要是認真地一決勝負的話，在第一輪的世界光靠神鳥就能擊倒勇者隊伍。要是同時和魔王及神鳥交手，第一輪的我根本沒有勝算。

又增加一件了令我在意的事情。

「已將吾之祝福賜予汝。這樣一來汝就獲得了力量。並且，隨時都能呼喚吾。然而，汝應該明白吧？」

「嗯，只要在真的需要的時候才會呼喚你……一旦呼喚你現身，我也無法全身而退。」

意外地很快就有了答案。

原來有風險啊。或者說是次數上的限制。

不過，這樣就毫無疑問地獲得了一張王牌。待會兒再詳細問一下夏娃吧。

「那麼，站在那邊的男人啊。除了黑翼族以外無法使喚吾。吾的力量對人類而言是劇毒。雖說汝幾乎放棄了身為人類的部分，依舊無法承受。話雖如此，讓汝空手而回有損吾的名聲。所以……」

神鳥首先用喙輕輕地啄了一下我背上的那個放著蛋的背包。

接著啄了我的左眼。

……速度快到我完全反應不過來。

「那對眼睛是精靈之眼。因此只是眼睛的話，就能把吾的力量賜予汝。再來，吾把力量注入給啃蝕汝的魔力成長的那孩子。如此一來，將會生出蘊藏驚人力量的孩子吧……話又說回來，汝究竟是什麼來歷？啃蝕著汝的魔力和心靈成長的那孩子，居然會變得如此扭曲……失禮了，應該說醜惡……咳咳！破滅，也不對。總之就是成長得非常獨特。真奇怪。這樣的人物理應無法通過那個試煉才是。」

我開始擔心這孩子生下來後會發生什麼事了。

不對，一定是神鳥的價值觀和人類不同吧。

充分吸收了我的魔力和心靈成長的這孩子，不可能是壞孩子。

「非常感謝。我會好好運用這孩子，還有這隻眼睛。」

右邊還是【翡翠眼】，然而左眼已進化為全新的眼睛。這似乎會很管用。

而且，可說是我的分身也不為過的神格魔物。這傢伙將會變得更強。實在值得期待。

「如此一來，試煉就結束了。吾送汝等回原本的世界吧。有緣再會吧，渺小的存在啊。汝等是久違的來客，讓吾非常開心喔。」

又再次出現神祕的浮游感。

我們肯定會被轉移到這陣白色之霧的外面吧。

幸好我們有來這裡。多虧如此，得到了新的力量。

第十二話 回復術士的純愛得以傳達

睜開眼睛之後，我們已經被轉移到白色之霧的範圍外。

我環顧四周，放心地吐了一口氣。

「凱亞爾葛大人，這裡是哪裡？」

「整顆頭都在嗡嗡作響。剎那和大家應該待在屋子裡面才對，突然就被轉移了。」

「凱亞爾葛哥哥，幸好你平安無事！」

眼前是為了躲避疾病之雪而在建築物裡休息的芙蕾雅等人。

「大家，幸好妳們平安無事。」

芙蕾雅等人開始詢問試煉的結果如何，於是我把視線轉向這次的主角。

「凱亞爾葛，謝謝你。都是多虧有你，我才能得到神鳥。」

這次的主角是夏娃。因為她是為了能夠使喚神鳥才來到這裡。

夏娃那染上銀色的秀髮隨風飄逸。而且轉為紅色的眼睛也醞釀出一股魔性的魅力。

無論是銀色頭髮還是紅色眼睛，都不是夏娃與生俱來的模樣。

這是被賦予神鳥之力的證明。

而且，我的左眼也獲得了神鳥之力。兩只翡翠眼的其中一邊，獲得了神鳥之力變化為不同的魔眼。

這股力量和翡翠眼不分軒輊。今後能夠同時運用兩種魔眼。

「不需要感謝我。我只是帶夏娃去見神鳥而已。能夠通過這次的試煉，都是夏娃自己的力量。」

「就算這樣我還是要謝謝你。我想，要是沒有凱亞爾葛在背後推我一把，一定沒辦法走到這一步。凱亞爾葛對我有不少恩情。或許也差不多該報答你了呢。」

夏娃擺出了一臉痛快的表情。

至今能克服神鳥試煉的，就只有夏娃的祖先。

想必是因為通過了這樣的試煉，讓夏娃對自己更有自信了吧。

「既然夏娃想要報答我，那當然是樂意之至。就讓我抱妳吧。」

我像平常那樣開起玩笑。都怪夏娃的反應太有趣，就算知道她會生氣依舊讓我欲罷不能。

「……如果是凱亞爾葛的話，嗯，可以喔。」

「咦？」

這回答完全出乎我意料，我一瞬間流露出自然反應。

看見我的反應後，夏娃察覺到自己被開了玩笑，頓時面紅耳赤。

「凱亞爾葛這個笨蛋！你原來是在跟我開玩笑！我好不容易下定決心了耶！笨蛋！你就是

這樣！凱亞爾葛！臭凱亞爾葛！」

帶著稍微溼潤的眼睛，同時搥著我的胸膛。

我抱緊這樣的夏娃。

「對不起，因為我沒想到妳真的願意接受我，所以遲疑了一下。其實我很開心。今天就好好疼愛妳吧。」

「嗚嗚嗚……還是不要好了。我才不管像凱亞爾葛這樣的人。」

看來是因為我剛才的反應在鬧脾氣啊。

好啦，像這種時候……

「我真的很喜歡妳。我想要擁抱夏娃。求求妳。」

就得直截了當地說出甜蜜的話語。

這樣一來，就能說動容易被人牽著走的夏娃。

「……你好狡猾，居然用那種說法。不過……嗯，好吧，就把我的全部都給你。」

夏娃抬起頭，用水汪汪的眼睛注視著我。

我奪走了她的唇，夏娃沒有抵抗。

將舌頭交纏在一起，展開大人的熱吻，充分享受了夏娃的味道。

接吻真是有趣，每個女孩子的氣味、味道還有觸感都有所不同。

在盡情地享受了接吻之後，我跟夏娃拉開距離說道：

「今晚，我會只疼愛夏娃一人。」

「太好了。畢竟是我的初夜。我希望你只注視我一個人。」

夏娃開心地害羞了起來。

幸好有下這個決定。

芙蕾雅和艾蓮都面紅耳赤地在旁邊起鬨。幸好她們沒有吃醋。

「話說回來，夏娃，為什麼妳突然就願意接受我了呢？」

照我的推測，應該還要再花上一點時間。

況且，就算允許我碰她，也應該不是基於感情，而是輸給快感，一步一步地淪陷才對，因為我就是這麼設計的。

「……因為凱亞爾葛一直對我很溫柔。而且自從來到黑翼族的村落後，讓我看見了你出色的一面。所以我才會喜歡上你。當然啦，你個性不好，不但三心二意，甚至還不覺得自己用情不專，還很下流，又是個變態，儘管如此，我還是喜歡上你了嘛。」

夏娃嫣然一笑。那是蘊含著各式各樣感情的那種微笑。

我認為那很美。

……今晚我要全心全意地疼愛她。

我的純愛總算要修成正果了。

「大家，我們回黑翼族的村落吧。必須報告我們獲得神鳥的事情才行。米爾爺他們應該也在擔心。」

這樣說完後，大家點點頭，發出贊同的聲音。

回安置著馳龍的場所吧。

那些傢伙肯定也在等我們回去才對。

就在這個時候——

夏娃突然跪了下來，抱緊自己的身體開始顫抖。

黑色的羽翼也往外張開到了極限。

「夏娃，發生什麼事了？這是神鳥之力的副作用？」

我慌張地衝到她身邊。

夏娃的臉上流下了眼淚。

現在明顯發生了異常的狀況。

「大家……大家的魂魄，流進了翅膀裡面。而且，還不止一兩個人。有好多人，好多人都……凱亞爾葛……好奇怪。為什麼……為什麼？」

夏娃哭著望向我。

夏娃會有這種反應也無可厚非。

……夏娃具有名為【眷屬召喚】的技能。

這種技能會讓黑翼族的靈魂寄宿在羽翼上，並作為使役魔召喚出來。

那也代表了抱憾死去，無法成佛的靈魂們將會寄宿在夏娃的羽翼上。

換句話說，在這個瞬間就有好幾十名黑翼族死於非命，化為無法成佛的亡靈，希望夏娃能幫自己洗刷冤屈而緊緊糾纏著她。

「理由不清楚。但肯定是黑翼族的村落遭到襲擊！我們快點趕回去吧。得盡快回到黑翼族的村落！」

絕大多數的黑翼族已遭到魔王所殺。

苟延殘喘活下來的族人目前分散到世界各地。

除非是那個村落遭到襲擊，否則不可能會有好幾十人同時喪命。

那個村落的人都是些好人。

他們願意接納身為人類又是勇者的我。願意把夏娃交給我，信賴著我。

我不能對他們見死不救。

我摸著戴在手上，黑翼族的少女給我的護身符手環……我很中意那些人。就算沒有任何回報也想救他們。

「說得沒錯，現在不能只顧著悲傷，要趕快回去。哪怕只是一個人也好，多救一個是一個。」

「騎馳龍的話要花上幾天。夏娃，妳能召喚神鳥嗎？如果是那傢伙應該能載我們過去。我不會勉強妳，只要說妳能不能辦到就好。」

「可以。如果現在不用，就沒有接受試煉的意義了。」

夏娃挺起身子。

然後閉上眼睛，凝聚魔力。

夏娃身上的魔力洶湧盤旋。

如果能感受到魔力的話，任誰都會畏懼這股魔力量。

夏娃睜開眼睛。血色的眼睛綻放光芒。她的腳下出現了巨大的魔法陣。

「遵循古老的盟約在此下令。傳遞狂風和死亡之物，吾人靈魂的伴侶——咖喇杜力烏斯，在此顯現汝之身形！」

隨著夏娃飽含力量的話語，一道門應聲打開。

地面的魔法陣朝向天空投射而去，接著從魔法陣之中出現了用翅膀包裹著全身的白色巨鳥。

「這麼快就再次相見了啊，渺小的存在。汝明白召喚吾現身的含意為何吧？」

「我知道，就是因為有需要才叫你來的！送我們一程，神鳥咖喇杜力烏斯。」

「哦，原來如此。好吧，就以吾之力量送汝等一程。」

咖喇杜力烏斯使用了不知名的魔術。

隨後一層白色的薄膜將我和夏娃以及剩下的所有人，甚至是連稍微離了遠一點的馳龍也一同裹起，朝神鳥的方向拉去，埋進了羽毛之中。

「吾將展開衝刺。可別失去意識啊。」

話語剛落，咖喇杜力烏斯就以全力展開飛行。

牠急遽加速到音速的好幾倍。這層白膜恐怕是用來保護我們的吧。否則光是加速就有可能讓全員喪命。

神鳥居然擁有如此強大的力量。

◇

三十二秒。

僅僅如此短的時間，就飛行了馳龍得花上好幾天奔馳的距離。

我從空中眺望村落的狀況。

那裡已化為地獄。

黑翼族的村落被大火團團包圍。

上百個魔族和魔物正在襲擊村落。

是場一面倒的戰鬥。不，做到這種地步根本就是虐殺。

而且……已經結束了。

現在在戰場上的魔族只是在處理屍體，挨家挨戶尋找是否還有生存者。

我們還是沒有趕上。

怎麼會這麼不走運。如果提前一天，不對，如果再提早幾個小時通過試煉的話，搞不好還能及時趕上。

「渺小的存在啊。此處已無人尋求幫助。只有猙獰貪婪的野獸。而且身於此處的存在，並非僅憑汝等之力就能擊倒的對手。吾建議離開這裡，方為上策。」

心中湧起一股想除掉敵人的心情。

然而，那只不過是自殺行為。

我從剛才就發動了【翡翠眼】。

用這隻眼睛觀察了這次襲擊村落的魔族和魔物。

這幫傢伙很強。要是挑起戰鬥，不管怎麼奮鬥也只會迎來死亡的命運。可見現任魔王開始動真格了。毫無疑問的，這幫傢伙就算在魔王軍裡面也是精銳部隊。

如果有倖存者的話，還有冒險一戰的意義，但既然現在已經無人生還。那就應該要逃走才是。

復仇需要的是冷靜。只倚靠一股激情的話什麼都辦不到。

坦白講，我很想現在立刻將他們碎屍萬段。

我摸了摸纏在手臂上的手環。腦海裡浮現出給我這手環的黑翼族少女臉上的笑容。

天真無邪地說著謝謝，仰慕我的那個女孩也死了。

一想到這，腦袋彷彿都要被復仇心和憤怒給撐破。

即使如此，我還是得忍……為了確實地完成復仇。一旦在此白白送死，也意味著沒辦法復仇。

但是我絕對不會原諒他們。儘管不是現在，但我總有一天一定會報仇雪恨。

「神鳥咖喇杜力烏斯。」

夏娃發出了冰冷的聲音。

那是當憤怒超越臨界點時才會有的冰冷聲音。我也很清楚。憤怒的火焰超越某個臨界點後就會轉化為冰。

和我不同，難道她打算現在就處決他們？

以我們現在的戰力，用普通方法不可能和他們一戰。然而，假設不是用普通方法，就還存在著可能性。

「何事，渺小的存在啊？」

「使用你的力量。」

「汝可知此話含意？現在縱使擊潰那群魔族，亦無法拯救任何人。光是召喚吾顯現在此，已造成汝沉重的負擔，倘若驅使吾之力量……」

「夠了，快點用你的力量，咖喇杜力烏斯！這是命令！快點！」

夏娃放聲大喊。

接下來要做的事情肯定沒有任何意義。

誰也救不了。不僅如此，夏娃還必須要付出使用力量的代價。

假設考慮到利弊得失，這樣只是單方面虧損。

但是，我卻能理解夏娃的感受。

因為她無法原諒。就算這沒任何意義，也非做不可。否則的話自己會壞掉。

所以，我決定讓她放手去做。

如果我具有神鳥的力量，肯定也會做出相同的決定。

就算夏娃在這裡失去了什麼，我也決定好要支持她。

神鳥移動到村落正上方，張開翅膀。

接著，神鳥使用了牠的力量。死病的神鳥為人恐懼的那股傳說之力。

第十三話 回復術士擁抱夏娃

燃燒著熊熊烈火，低級的笑聲迴盪在黑翼族的村落。

而在那上空，神鳥咖喇杜力烏斯正在飛舞。

好似被神鳥所釋放出的壓倒性魔力以及存在感吸引，襲擊黑翼族村落的魔族和魔物群紛紛抬頭仰望天空。

此時，天空開始降雪。

而那不是一般的雪，而是死病的神鳥咖喇杜力烏斯降下的死亡之雪。

紫色的雪深深降下不斷堆積。

接著，頓時哀鴻遍野。

魔物、魔族，接二連三倒下。

因為他們受到疾病侵蝕。

我親身體驗過神鳥疾病的威力。

就連不管被什麼疾病入侵都能瞬間治癒，製作出抗體取得抗性的我，在每秒都能改變性質的神鳥疾病面前也是手無縛雞之力。

即使對手換成魔族也絲毫沒有改變。

縱使是上級魔族或是對毒有著絕對抗性的魔物，也陸續成了神鳥之毒的犧牲品。

看到這一幕我確信了。在試煉時終究只是以測試為目的，神鳥當時有手下留情。

這才是牠真正散播的疾病。

牠回應了夏娃的憎恨以及悲傷，抱著必殺的決心降下了這場疾病之雪。

「實在嘆為觀止。」

上百隻的魔族和魔物群都受到疾病侵蝕，遭受痛苦折磨，就那樣死去。

就算他們躲進建築物也絲毫沒有作用。

雪降在地面後逐漸汽化，化為空氣不斷蔓延。

雖說比直接接觸到雪要好一些，但不過就是死亡來臨的時刻遲了一些。

這股力量實在是毫不講理，毫不留情的殺戮之力。

只要用這招，甚至有可能連魔王和他旁邊的屬下也一起打倒。

看來過去曾經一晚就讓國家滅亡的傳說，並非誇大其詞。

「……雖說不是高興的時候，但能在這裡取得大量的經驗值確實值得慶幸。」

而且，由神鳥打倒的魔族和魔物會算成夏娃打倒的這點實在很棒。

和夏娃組成隊伍的我們身上湧進了大量經驗值。

到了這地步，還能一口氣提高等級實在求之不得。

在挑戰魔王之前是個不錯的收穫。

然後，這場襲擊還有另外一個更大的意義。

我喜歡這個村落裡的人們。不是表面，而是打從心底這麼想。

儘管只相處了短暫時間，但和這群溫暖的人們共度的溫柔時光，讓我憶起了故鄉。

……然而這些卻被奪走了。不可原諒，怎麼可能原諒他們。

連我都怒不可遏，那更遑論夏娃，我從她身上感受到更激烈、更深沉的憎恨以及悲傷。

「再來、再來！把他們趕盡殺絕！」

銀色秀髮凌亂擺動，行使神鳥之力。

光看就能明白，夏娃正被吸走相當驚人的魔力量。

非但只是如此，還有體力……不，是一種更接近本質，無法挽回的某種東西從夏娃身上被奪去。

想必那會相當痛苦，儘管如此，夏娃還是咬緊牙根繼續使用這股力量。

然後……到達了極限。

夏娃失去意識倒了下來。

「嗯，吾主供給的力量中斷。吾充其量只能再顯現數十秒鐘。渺小的存在啊。敵人已盡數死絕。此處已無必須守護的存在……然而，吾從北方的森林感知到些許與吾主相似的生命。倘若想出手相救，就盡快前往吧。」

說完這些，神鳥將我們放下地面後消失而去。席捲地上的紫雪在汽化後也宛如未曾出現過似的消失無蹤。

在北方森林有與夏娃相似的生命。

恐怕是村民悄悄地讓一部分的女人和小孩逃走了吧。

要是所有人一起逃走，一旦被敵方發現就會派出追兵，導致全軍覆沒。

所以才讓大部分的人在這裡作為誘餌，只讓少數人逃亡。

降落到地上後，我觀察夏娃的情況。

她衰弱到了極限。

我從小包包裡拿出了體力恢復劑和魔力恢復劑。

將藥劑含在嘴裡，用嘴對嘴的方式讓恢復藥通過夏娃的喉嚨。

既然她現在昏迷不醒，那用這種方法能最快讓她喝下。

接著再用我的【恢復】進行治療。

「夏娃，醒醒，夏娃！」

「凱亞爾……葛……」

過了一會兒，夏娃清醒過來。

看起來相當難受。

「我要說明現在的狀況，一次就把它記進腦子。襲擊這個村落的那幫傢伙已經死光了。然後根據神鳥所說，有一部分的黑翼族好像逃到了北方的森林。說不定也有追兵在追趕他們。我打算現在就追上去。夏娃妳打算怎麼做？雖說我已經做了應急處理，但如果難受的話就在這休息吧。」

「……我也要去！既然有人還活著，那我想幫助他們。」

「知道了……剎那妳們就在這裡待命吧。稍微減輕馳龍的負擔能加快衝刺的速度。」

「嗯。凱亞爾葛大人，我們也姑且確認一下這邊還有沒有倖存者。」

「嗯，拜託妳們了。」

神鳥莫名體貼且善解人意，要是這裡還有黑翼族的倖存者，在行使力量前就會先提醒我們了吧。但為了以防萬一還是確認一下比較妥當。這件事就交給剎那她們處理。

「噯，凱亞爾葛，為什麼你會想要救他們？」

「因為我想救他們啊。快點趕過去吧，夏娃，抓緊我。」

我要按照自己的想法過活。

無論是復仇，還是愛著自己中意的女人，甚至是保護不想讓他們死去的人們。

僅此而已。因為我希望這個村落的人能活下來。

「嗯，快走吧，凱亞爾葛。」

我們騎上馳龍，確認夏娃從背後摟住我的腰後，我立刻讓馳龍向前奔馳。

◇

我騎著馳龍朝著神鳥指定的方向全力奔馳。

要是用這樣的跑法，馳龍肯定無法撐住，但藉由【恢復】可以強行恢復馳龍的體力讓牠繼續奔跑。

剛才【恢復】夏娃時，有件事情讓我很在意。

那就是，即使用我的【恢復】也沒辦法治癒夏娃。

如果是體力和魔力枯竭，那用恢復藥和【恢復】就能痊癒。

恐怕她身上有更重要的東西被奪走了。

講得明白點，就是生命力。

一旦被奪走就無法挽救……例外狀況頂多就是我讓一切重啟時使用的那招倒流時光的魔術。

就算縮小使用規模，沒有【賢者之石】也無法辦到。

等到時打倒魔王獲得【賢者之石】，也考量一下是否要讓夏娃使用吧。

「夏娃，澄澈妳的感覺。探查魔力的能力應該是妳在我之上。」

「嗯，無論多麼微小的魔力我都不會漏掉。」

我按照自己的方式，設定好探索用的技能，並將五感感知能力集中到極限。

「妳可以一邊警戒一邊對話嗎？」

「嗯，可以。」

「妳向神鳥獻出了什麼？」

夏娃倒吸了一口氣。

看樣子她似乎以為我沒有注意到。

「……要召喚神鳥咖喇杜力烏斯，需要獻出體力、魔力，以及生命力。如果要讓神鳥咖喇杜力烏斯以全力戰鬥，頂多只能召喚四到五次吧。光是召喚這樣的次數，大概就足以讓我的生命力完全見底。」

換作一般人，恐怕召喚一次就會變成廢人了吧。

正因為是超出規格的夏娃才能召喚到五次。而且每當召喚出神鳥，夏娃就會越來越虛弱。恐怕召喚個三次就會衰弱不堪，甚至有可能無法過正常人的生活。

「抱歉，我沒有想到會變成那樣。要是我知道的話就不會想仰賴神鳥。」

在第一輪的世界以魔王之姿君臨世界的夏娃，並不是不召喚神鳥，而是她無法召喚。

直到她以魔王的身分君臨世界之前，想必在身體達到極限前都仰賴著神鳥的力量。

若非如此，當時的夏娃不可能成為魔王。正因為有神鳥在，她才有辦法彌補雙方戰力的差距。

而我卻在不知情的狀況下，把她逼上絕境。

「不用道歉啦。因為只要用我一個人的性命就可以使出這麼驚人的力量耶。應該要好好感謝才行呢。畢竟只需獻出一個人的生命，就可以打倒好幾千、好幾萬人啊。」

夏娃的聲音之中沒有一絲恐懼。

不如說甚至讓她燃起了打倒魔王的希望。

她所說的話在某種意義上是正確的。用不人道的想法去考量的話，性價比十分划算

但即使如此……

「不要再使用那股力量了。什麼『只要用我一個人的性命』啊。對我而言，夏娃一個人的性命比隨處可見的好幾萬個垃圾來得更有價值。這樣做完全不值得，別那麼做了。」

我很中意夏娃，怎麼能容忍她的性命和區區幾萬個垃圾的性命交換。

「凱亞爾葛，你不要說這種話啦。會讓我迷上你的。」

「妳不是已經迷上我了嗎？今天我可要好好地疼愛妳。」

為了安慰她，還是待在她身旁比較好。

「嗯，盡情地抱我吧。不然的話我大概沒辦法撐過今天。」

她的聲音中交織著悲傷與憎恨。

夏娃現在的感受，要由她一個人來承受實在過於沉重。

「然後啊，凱亞爾葛。我還是會使用這股力量……以前的我太天真了。以為只要一直逃跑，總有一天會成為魔王，這樣一來就能拯救大家。但並不是這樣。就如同之前凱亞爾葛所說

的呢。不去掠奪他人的話就會遭到他人掠奪，我連這種事情都沒有注意到。我已經不會再迷惘了。為了要打倒現在的魔王，就必須使用這股力量。就算凱亞爾葛阻止我也絕對會使用。因為我已經不想再被奪走任何事物了。」

復仇。這是我和夏娃的共通點。

是嗎，夏娃已經做出選擇。

那我不再阻止她了。因為事到如今已經無法改變她的想法。

不管願意不願意，我都理解她的想法。

走在這條道路前方的我根本沒有資格阻止她。

「那跟我約好。我會助妳一臂之力。所以妳只能再使用一次那股力量。我會設法讓妳只需要再用一次。」

從實際的角度來思考，以現在的戰力若是缺少神鳥的力量，根本不可能挑戰魔王。

在第一輪的世界不僅聚集了四名勇者，還有許多後援所以才能戰勝。

因此我必須要在僅僅一次的機會中，將神鳥的力量運用到極致，找出獲勝的方法。而那正是在不失去夏娃的前提下，幫她完成復仇的唯一方法。

「謝謝你，凱亞爾葛。為什麼凱亞爾葛願意為我做到這種地步呢？」

「妳很煩耶，這個答案我已經說過好幾遍了。因為我喜歡夏娃。既然是為了自己的女人，那自然會不辭辛勞。所以妳就安心讓我抱吧。」

「真是的，凱亞爾葛每次都這樣……我最喜歡你了。」

夏娃將額頭靠在我的背上。

湧起幹勁了。

後來，我們騎著馳龍奔馳了一段時間。

焦躁感越發強烈。

就在這個時候——

「凱亞爾葛，把前進的方向稍微往左偏一點，我從那邊察覺到魔力的氣息，是黑翼族的魔力！而且還在戰鬥！」

「知道了！」

夏娃找到了。

而且既然還在戰鬥就代表他們還活著。得趕緊過去。

「夏娃，敵人實力堅強。聽好了，由我衝進去。妳躲在遙遠的後方用【光之箭】支援我……絕對別衝上前線。我沒有保護妳的餘裕。」

「……嗯，了解。所以你一定要救大家。」

「我向妳保證。」

如果能由我一個人解決是再好不過，但敵方是精銳，看來勢必會成為一場硬仗。

◇

我擱下夏娃，確認她躲藏起來後便騎著馳龍展開突擊。

米魯爺在那裡。他正拿著法杖架在身前。身上的法袍已被鮮血染紅，身受重傷。

黑翼族的少女們以背靠背，和長著蝙蝠翅膀的紳士魔族戰鬥。

和我四目相接後，米爾爺露出微笑。

我用【翡翠眼】看穿魔族的強度。

敵方是超一流水準，甚至連我都不知能否取勝。

我投擲小刀，瞄準那個有著蝙蝠翅膀的紳士魔族。

他原本正打算從米爾爺頭上展開襲擊，此時注意到小刀將其彈開。

我抱著將一流劍士也立刻殺死的氣勢從死角投出的小刀，居然被輕鬆擋下。果然是強敵。

「我來救你們了！」

故意捨棄奇襲的機會，把敵方的注意力轉移在我身上。

要是不這麼做，米爾爺隨時都可能遭到殺害。

敵人不只有長著蝙蝠翅膀的紳士。

另外還有兩隻腳的虎男與下半身為蛇的女人在他兩側，再加上那三名魔族使喚的魔物。

我跳下馳龍，蹲低姿勢往前突擊。

虎男率先活用他強韌的腳力突進了過來。揮舞他那能將人類像奶油一樣切開的銳利爪子。

由於速度過快來不及閃躲，我只好用劍接下，然而就在那一瞬間，肩膀的骨頭頓時脫臼，此時【自動恢復】跟著啟動。

總算是堅持住，擋下了這次攻勢，但隨後一道蛇的軀體從虎男的身後衝出，把我的身體緊緊纏住並使力勒緊。

「嘎啊啊啊啊啊啊啊啊啊啊啊啊啊！」

這股力量讓我彷彿被老虎鉗夾住似的。骨頭應聲裂開。

但是，她犯下了一個錯誤。

居然把自己的身體放在會被我觸手可及的位置。

「【改惡】。」

我使出得意魔術。

這魔術射程雖短，但既然是零距離自然能從容發動。雖說雙手已用來擋下虎男的劍，但我全身上下到處都能發動魔術，就算不是用手掌也行。

「嘰呀啊啊啊啊啊啊啊啊啊啊啊啊啊啊啊啊啊啊啊啊啊啊啊啊啊啊啊啊啊啊啊啊！」

蛇女的身體咕嘟咕嘟地膨脹成醜陋的模樣。

人類不可能熟知蛇的身體。我也沒清楚蛇的心臟位置還有重要的器官在哪。

所以為了確實殺掉蛇女，我選擇讓她的細胞異常增殖。用了我在神鳥的試煉時正好練習到的技巧。

用這招可以粗魯地殺死對手。

看到蛇女膨脹的身軀，虎男頓時動搖，減緩力道。

我抓準這個破綻滑過爪子拉近距離，並將手抵在他身上。

「【改惡】。」

這邊則是和人體相同的構造。

我堵住了他心臟的出口。

於是造成虎男的血液循環中斷，應聲倒地。

……連續使用了兩次會消耗大量魔力的【改惡】。

畢竟這些傢伙又強又硬。除了這招以外我沒有能一擊殺死他們的手段。

此時，魔物們前仆後繼地湧上。

有老虎、蝙蝠以及蛇。

雖說都是強力的魔物，但與魔族相較之下便明顯弱了許多。

我砍倒了牠們，繼續前進。

然而……

「呀啊啊啊啊啊啊！」

聽見了慘叫聲。

我應付著戰鬥，同時望向聲音的來源，看見逃走的黑翼族少女被人用軍刀架住脖子。在場的最後一名魔族，那名有著蝙蝠翅膀的紳士撞開米爾爺，將一名少女當作人質。

「那邊那個人類。要是你敢再繼續大鬧，我就殺了這個女人。」

挾持人質啊。

真是無聊，反正要是我死了她也沒辦法得救。

根本就算不上手牌。

身處險境的我依舊驅逐著襲來的魔物。

於是，再度聽見了慘叫聲。

「你這傢伙，沒看到這個嗎？」

我把視線朝向那邊後，看到黑翼族的少女脖子流血。少女用求救的眼神望向我。

把附近的魔物全部殺死之後，我把劍放下。

「看得見啊。那麼你打算要我怎麼做？」

講出這句話後，我才發現自己正做著奇怪的事情。

如果是平常的話，根本沒有交涉的餘地。

我馬上就會砍向敵人。

畢竟分神用刀子架在人質脖子上的期間，對手等於是破綻百出，殺起來非常輕鬆。

儘管被刀架住脖子的少女會死，但能確實救到除了她之外的人。

相反的，假設因為接受對方的要求而使自己陷入不利因而敗北，只會讓所有人一起陪葬。

考慮到利益得失，對她見死不救是自然的選擇。

回應交涉，賭上所有人都能得救的可能性，這與把能確實拯救的性命作為籌碼沒有兩樣。

我很明白這種事。

然而卻做出這樣愚蠢的舉動。

「丟掉武器，把手繞到後面，跪下去。」

「只要我接受要求，你就願意放了那名少女吧？」

「嗯，我是這麼打算。」

我一邊按照他的要求去做，同時悄悄地用【改良】變更狀態值。

改為重視防禦。

在下一瞬間，躲藏起來的增援魔物朝我蜂擁而上。

多重的尖爪和利牙朝我身上招呼。

「呼哈哈哈哈哈哈哈哈哈！愚蠢，就算再怎麼強終究還是人類！去死吧，去死吧，去死吧，我就遵守約定，不殺死這個女人，因為她還有用處！你死了之後我就會把她帶回去。」

事情發展如我所料。

要是沒有把狀態值調成以防禦為主的話，想必我早因身上的肉被咬爛而死。現在勉強還只算是皮肉傷的程度。

……不過這種情況也沒辦法維持多久。

之所以選擇能全員獲救的方法，是因為我有勝算。

然而要贏得這場賭注，光靠我的力量是行不通的。

現在的我只能相信那一刻到來。

差不多快到極限了。

看來這場賭注是我輸了。

當我腦海閃過這種想法時，狀況起了變化。我感受到強大的魔力，聽到遠處有人倒下的聲音。

我淺淺一笑，使用【改良】將原本重視防禦的狀態值切換為重視魔力的數據，設定以魔法戰為主體的技能。

在下一瞬間，由於防禦力下降，我咬緊牙根忍住朝我襲來的多重尖牙利爪。

同時提高魔力，以自己本身為中心刮起了一道火焰風暴。

火焰風暴將一切燃燒殆盡，直衝天際。

在周圍的魔物連骨頭也不剩，灰飛煙滅。

我特化在魔力的狀態值，並設定了芙列雅公主的技能，在這種狀態下於極近距離吃下第四位階魔術【炎嵐】，就算是上級魔物也無法承受。

我挺起身子，視野頓時拓展開來。

拔出刺在身上的尖牙利爪，流出了大量的血液。

「【恢復】。」

我治療傷口。

剛才有點不妙啊。在施放【炎嵐】前流了太多血，差點就失去知覺。要是我喪失意識，想必現在已成了魔物的飼料。

我深呼吸之後看向前方。

有著蝙蝠翅膀的紳士，儘管他的身體依舊拿著軍刀抵著少女的喉嚨，但脖子以上已經蒸發。

我賭了全員獲救的方法。

這個賭注就是相信剛才拜託在後方支援我的夏娃，能用遠距離狙擊只將蝙蝠紳士擊穿。

如果是光魔術的特性，還有夏娃成長後的魔術精度就有可能辦到這點。

然而，是否能成功執行，就只能賭上夏娃的勇氣和臨機應變的能力。

要是瞄準稍有偏差，就會殺死黑翼族的少女。壓力自然是難以想像。

而她卻在這種狀況下回應了我的期待。

正因如此才能讓所有人得救。待會兒得誇獎她才行啊。

我朝著夏娃躲起來的地方向她揮手。

周圍已經沒有敵方的魔物和魔族。

我確認夏娃朝向這邊移動，便走向黑翼族的身邊。

眼前這群黑翼族的少女怕到腿軟，現在還動彈不得。

我搶走軍刀輕輕地推了一下，失去脖子以上部位的蝙蝠紳士應聲倒下。

「已經不要緊了。我已經把可怕的魔族還有魔物全部打倒了。」

我投以微笑後，黑翼族的少女們喜極而泣，接二連三抱了過來。

我告訴她們已經沒事了，便往米爾爺身邊走去，畢竟剛剛蝙蝠紳士為了挾持人質時曾把他撞開，想必他已身受重傷，必須快點治療才行。

我把手放在他的身上。

在這個瞬間，我僵住了。

此時夏娃也跑到我的旁邊。

「凱亞爾葛，你還在做什麼？快點治好他啊。這樣下去米爾爺他……米爾爺會死掉啦！」

夏娃使勁搖著我的肩膀。

我搖搖頭。因為我無法拯救米爾爺。

雖說拯救了少女，然而為了保護他們挺身而戰，身受重傷的米爾爺已回天乏術。

無論怎樣的疾病，多麼嚴重的傷勢我都能治好。

但即使如此……唯獨讓死者復活是我力所不及。這是回復術士的極限。

「夏娃，我辦不到。他……已經死了。」

「你騙我，因為……他剛才……都還好好地站著，拿著法杖戰鬥，在我們趕來之後，也只是被打飛出去而已，怎麼會……怎麼會……」

夏娃睜大了雙眼。

想必她已經被迫理解到這個事實。

因為米爾爺的魂魄已經寄宿在她的羽翼。

「米爾爺他早就受到了致命傷。然而他卻為了守護這群少女，僅憑著一股意志力在戰鬥。看到我趕來之後，這才頓時放下心中的大石頭。」

「為什麼、為什麼……就連米爾爺都沒辦法救到啊！我好不容易以為趕上了，我以為可以救到他啊！」

夏娃放聲哭喊。

對她而言，米爾爺應該相當於自己的養育父母。

然而他卻在自己面前死去，這道創傷實在太深了。

……而且，我也無可自拔地憎恨著殺死了米爾爺的魔王軍。雖然死去了那麼多親切的村人也讓人難受，但米爾爺這樣的朋友死去，更是讓我痛徹心扉。

狀況演變至此，我改變了自己的想法。討伐魔王如今已不只是幫夏娃復仇。

這是我的復仇。我要以自己的意志，為了我自己殺死魔王。

「……夏娃，別再哭了。先誇獎米爾爺吧。他保護這些族人，完成了自己的使命。」

這群少女之所以能夠得救。正是因為米爾爺雖然身負重傷，依舊挺身而出站在少女們面前，我們才來得及拯救她們。

光是做到這件事，他的人生就有其意義存在。

「可是、可是……」

「我知道妳很不甘心。但是如果妳不接受這一切就無法往前邁進，不是嗎？」

「嗯，我絕對……絕對要幫米爾爺報仇。而且也不會讓米爾爺保護的這群孩子被殺。」

將黯淡的復仇之火寄宿在眼裡，夏娃這麼宣告。

然後，總算從恐懼中解放的黑翼族少女們開口說道：

「那個，夏娃大人，米爾大人留下了遺言。說自己死後，我們若是遇見夏娃公主殿下，要我們幫忙轉達。」

少女和夏娃一樣流著眼淚，同時斷斷續續地擠出話語。

「告訴我吧。」

「是，那就是當他死後，希望能讓他和您並肩作戰。他要作為夏娃大人的翼之騎士，和您一同奮戰下去，直到永遠。」

「……是嗎，米爾爺說了這樣的話啊。」

「我們也是……不對，至今死去的大家也都有著同樣的想法！就算一輩子都將被束縛在這個世界，我們也想戰鬥！想要為大家報仇雪恨！所以，夏娃大人！請您使用【眷屬召喚】！被敵人迫害、遭到殺害，自尊心遭到踐踏，但卻只能這樣結束一生，我們不能接受這種對待。所以，請您務必讓我們一起戰鬥！這是我們所有人的心願。」

夏娃抬頭仰望天空。

然後，張開了羽翼。

那對羽翼上的每一根羽毛，都寄宿著抱憾而死的黑翼族的魂魄。

羽翼一閃一閃地發出了光芒。

是因為寄宿在夏娃羽翼上的無數黑翼族魂魄正在哭泣。不知為何，我就是這樣覺得。

「我已經聽到了米爾爺的遺言……我至今從未使用過【眷屬召喚】。因為一旦用了，靈魂就會被囚禁在現世。我一直在等有一天大家能拋下仇恨，含笑九泉。不過，妳們說得沒錯。一直被人壓得死死的，大家肯定會很委屈吧。所以，我下定決心了，你們就和我一起戰鬥吧。」

夏娃露出了釋懷的表情。

然後愛憐地撫摸自己的羽翼。

「我會和寄宿在這對羽翼上的大家的靈魂，一起戰鬥。」

有各式各樣的思緒從羽翼上浮現。

那是歡喜的波長。

我摟緊夏娃的肩膀。她的肩膀很小。作為背負著黑翼族一切的肩膀，實在過於嬌小。

所以，我會支持夏娃。

否則她可能馬上就會崩潰。

「我們先回村落吧。還得決定這些孩子今後該怎麼辦才好。」

「說得也是。必須讓這些孩子活下去才行，這也是為了米爾爺。」

我們倆互相點了點頭。

就這樣，襲擊黑翼族村落的事件告一段落。

失去了各式各樣的事物，夏娃選擇踏上復仇的道路。

那是已經無法回頭的一條孤獨的道路。所以，至少要有我陪妳一起前進。

畢竟我是夏娃的戀人，更重要的是，我們同是被奪走重要之人的同志。

第十四話 回復術士與夏娃結合

我們和好不容易營救回來的少女們一同回到了村落。

「那個，凱亞爾葛。你又做了不像你風格的事情耶。如果是平常的凱亞爾葛應該會無視人質，將敵人殺個片甲不留。」

「我也認為這樣沒有我的風格。但是我不想讓她們死去。」

我撫摸手臂上的手環。

當時被作為人質挾持的，是給我這個手環的少女。

雖說理由也不單純只是這樣。是因為那個村落很溫馨，才會讓我起了想守護的念頭。

「我比較喜歡現在的凱亞爾葛喔。」

「……是嗎，我倒是不太清楚。」

試著回顧這起事件後，我發現自己過於天真，不應該這麼做。

這樣根本沒辦法完成復仇。

但是我已經決定自己要隨心所欲去做。那麼我就要得到縱使天真也能贏得勝利的力量。

我不會捨棄任何打從心底想要的東西。

那樣才最符合我的風格。

「救出了這些少女是很好，但接下來要怎麼辦？光靠她們自己應該沒辦法過活吧？」

「關於這點我有眉目。因為米爾爺也已經考量到這一點了。」

從這裡往南，似乎有和黑翼族一樣遭到迫害，名為星兔族的魔族的祕密村落，他們原本似乎正往那邊移動。

似乎只要步行整整一天就能抵達，所以今天就休息一天，明天再擔任護衛陪伴她們一同前往。

夏娃說了聲謝謝後，將額頭靠在我的背上。

……既然我已經決定好要幫她們了。就照顧到最後吧。

如果她們沒能順利抵達，而是在某處死去，那我將會後悔一輩子。

◇

我們回到了黑翼族的村落。

向黑翼族的少女們轉達要在明天出發前整理好行李，並做好心理準備後，便讓她們就地解散。

然後我們也在當初於這個村落借用的那間民宅集合。

由於明天就要從這裡出發，我們為了決定今後的方針召開作戰會議。

「剎那，幹得好。真虧妳能注意到。」

「不會，注意到的人是艾蓮。剎那只有動手幫忙而已。」

「是嗎，剎那和艾蓮，妳們倆都很了不起喔。」

由於當時慌忙地從村落飛奔而出，我漏了一個重要的指示。

那就是要從襲擊村落的魔族屍體身上掠奪金錢以及可以使用的武器。

儘管在人與魔族共同生活的布拉尼可以使用人類這邊的貨幣，但這在今後我們會經過的魔族村落並不適用。

在布拉尼可時，就算在魔族的社會也可以用具有價值的寶石交換大部分的金錢，但果然還是要有現金比較妥當。

況且也希望讓即將在新天地生活的黑翼族少女們擁有資金。

然而艾蓮注意到了這點，剎那則是事前幫我打點好了這一切。

我摸了摸剎那和艾蓮的頭後，兩人欣喜地瞇起眼睛。

儘管艾蓮沒有戰鬥力，但具有卓越的觀察力，會注意到我所期望的事情。

這次也幸好有艾蓮在。

「妳們把錢和裝備放在哪裡保管？」

「整理在隔壁房子放好了。」

「那我晚點去看看吧。」

這樣一來，旅行的資金和要讓黑翼族少女們帶在身上的生活費就不用擔心了。

那麼，今後該怎麼做呢？

具體來說，就是必須要思考如何讓魔王受到應有的報應。

因為我有第一輪世界的經驗。基本上可以掌握魔王目前的所在位置。

最為單純的戰術，就是旅行時盡可能避開魔族的村落，侵入魔王支配的城鎮。

接著，在鎮上召喚出神鳥咖喇杜力烏斯，降下死亡之雪引發大混亂，再以少數精銳潛入那傢伙的城堡收拾他。

毫無疑問的，這方法最簡單，勝算最高。

但是也有弊端，這個方法會把太多無關的普通人牽扯進來。

然而，現在我不打算猶豫。

魔王那傢伙打算消滅黑翼族的存在。就算受到同樣的回報也不能有所怨言。

……況且基本上，在魔王底下的就只有受到魔王寵愛的魔族，以及那些傢伙操控的魔物。根本沒有同情的必要。

更重要的是，我現在很生氣。像是我喜歡的米爾爺，還有其他黑翼族都遭到那幫人殺害、羞辱。

要是不把他們殺光，難消我心頭之恨。

因為我最討厭被別人奪走東西。我不會原諒打算掠奪我的傢伙。

而且，還有一名少女比我更加憤怒，更加悲傷。

「凱亞爾葛，告訴我。當時要怎麼做才能夠拯救大家？」

夏娃用快哭出來的表情開口提問。

「我們根本無能為力。魔王的軍隊打從很久以前就策劃在神鳥試煉開始的這個時期襲擊村落。要是我們當時留在村落，說不定可以多少增加生還者的人數……但我們不可能擊退對方，因為雙方戰力差距實在過於懸殊。這次我們之所以能戰勝，是因為有神鳥的力量。」

我們打從一開始就束手無策。

無論是【術】之勇者芙蕾雅、冰狼族的天才剎那、身為【癒】之勇者的我，甚至是能運用光之魔術與闇之魔術的夏娃，所有人都具有驚人的才能，而且等級都相當高。

無論有多麼卓越出色的人才，若是要和數以百計的魔王軍精銳為敵，也毫無勝算可言。

為了拯救黑翼族的少女們，我們與三名精銳魔族交戰，但不過是以三人為對手，也只能驚險取勝。假設和擁有數百名士兵的軍隊為敵，那不消幾分鐘就會命喪黃泉。

如果說有方法拯救黑翼族的村落……

「搞不好應該要在更早以前跟他們開戰。除了在被襲擊之前先殺死魔王，沒有方法可以拯救這個村落。」

我道出事實。

在我們抵達這個村落的當下就已經為時已晚。

夏娃腦袋很好。要是胡亂安慰她肯定會被馬上識破。

所以我只能直截了當地告訴她事實。

夏娃接受了這個事實。

「知道了。凱亞爾葛……為了不要再讓事情無法挽回，從現在開始我要以最快速度討伐魔王。」

夏娃帶著下定決心的表情，堅定地點了點頭。

「知道了。那麼為了不讓夏娃後悔，我也全力以赴吧。」

我們下定決心。我和夏娃都不願意再讓這樣令人悔恨的事情發生。將為此採取行動。

◇

後來我用完晚餐，用熱水清洗身體後，等待夏娃到來。

剎那等人正在另一個房間睡覺。

我今天會只疼愛夏娃一人。

所以我一個人靜靜地等著她的到來。

不久，夏娃開門走入房內。

看到她的模樣後，我倒吸了一口氣。

「夏娃，妳真漂亮。」

「是嗎？這樣穿會不會很奇怪？」

夏娃穿了一件大膽的內衣。

這是一件幾乎無法把各種重要部位隱藏起來的黑色煽情內衣。雖說夏娃還是個少女，但卻具有妖豔的魅力，這件衣服很適合這樣的她。

「那件內衣……是怎麼啦？」

「……在離開這個村落時，有個人把這件內衣送給我，說要在決勝負再穿上它。但我沒想到會這麼快就穿上呢。」

「夏娃，過來。」

「有點難為情呢。」

我在床上向她招手。

我坐在床邊，夏娃嬌小的背部鑽進我的雙手之中。我把雙手從背後繞過去抱緊她。

感受得到夏娃的體溫和鼓動。

「在凱亞爾葛的手臂裡面讓人好安心。又硬又大，只要待在這裡，彷彿所有不安都會全部消失似的。」

「因為這裡是全世界最安全的地方嘛。只是對可愛的女孩子來說，這裡也是危險的地方。」

「呀！怎麼那麼突然……」

我享受著擁在懷裡的夏娃的肉體。

原來如此，這件內衣真不錯。重要的地方裸露在外，非常適合愛撫。

夏娃的身體接納了我的手，並做出了可愛的反應。拜平常總是在幫她持續愛撫所賜，我非常清楚夏娃的弱點。當我把手指深入性器裡面翻攪之後，夏娃弓起背部。我抓準這個時機開口說道：

「夏娃，真的可以吧？如果再繼續深入下去，我可就沒辦法收手了喔。」

「……我不是說可以了嗎？況且凱亞爾葛你太奇怪了。你平常總是蠻橫到讓人傻眼，就算說不要你也總是為所欲為，可是卻只有在這種時候才顧慮我。」

夏娃就像在調侃我一樣這麼說完後，就握住我的手，催促我進行下一個階段。

所以，我將夏娃推倒在床上，用身體壓住她。

雙方心跳聲音顯得莫名響亮。

然後，我們凝望著彼此。

夏娃的眼神在渴求著我。

所以我吻了她，讓舌頭交纏在一起。

盡情地享受夏娃的滋味後，我移開嘴巴。

「夏娃，我要使出渾身解數疼愛妳。」

「嗯，把我搞得一塌糊塗吧，讓我沉迷在你的懷裡……否則的話，我可能會哭出來。」

就按照她的期望去做吧。

接著，我扯下夏娃的內衣，前進到至今一直忍著沒出手的下一個步驟。

首先，我讓夏娃躺在床上。

接著讓我的那話兒來回往返蜜壺口。只是不斷磨蹭卻不直接插入。

夏娃發出了簡短的嬌喘聲。

「凱亞爾葛，這樣好舒服，但是，讓人好難耐。」

「因為妳是第一次，得一點一點慢慢讓妳習慣才行。」

既然是第一次，如果目的不是要帶給對方痛苦，那就必須多花點時間。

一邊讓夏娃的肉體有那個意思，並在我的那話兒充分塗滿夏娃的愛液。

等到加溫到一定程度變得柔軟之後，再慢慢挺進。

「嗯……唔！」

雖說從剛才就已經用手指和舌頭擴張蜜壺，但夏娃似乎還是會感到痛苦。

我盡量不刻意去動，而是含住胸部刺激乳頭，撥開陰蒂的包皮溫柔地觸碰，讓夏娃的注意力得以分散，再緩緩插入。

「凱亞爾葛……全部……進來了嗎？」

夏娃發出交織著痛苦與快感的聲音。

「還沒。不過，就算在淺處也能充分享受。」

「啊啊……進來……又拔出去……讓人感覺輕飄飄的。」

我在進去三分之一左右的地方反覆進出。

算是很淺的活塞運動。不過夏娃的敏感點就在這一帶，所以光是這樣似乎也相當舒服。

夏娃的情緒漸漸高漲。

就在此時，我一口氣挺進。

「呀！嗯嗯……啊啊啊……好深，凱亞爾葛……頂到了我的肚子。」

「這樣就全部進去了。」

我完全挺進到夏娃的深處。

既溫暖又非常緊實，實在讓人欲罷不能。

「總算……和凱亞爾葛合而為一了……」

夏娃流下眼淚，我舔了舔她的淚水，有著甜甜的味道。

「我要動嘍。」

「嗯，來吧。」

我擺動腰部，並隨時注意夏娃是否感覺疼痛。

我開始逐漸加快速度，夏娃那混雜著一些痛苦的聲音開始轉為嬌喘。

接著，夏娃的聲音量越來越高亢。

「凱亞爾葛，至今為止……最舒服的感覺要來了。從裡面……從很深的裡面來了！」

夏娃用溼潤的瞳孔注視著我，要求我親吻她。

我用接吻做出回應後，夏娃第一次主動交纏舌頭。

在下一個瞬間，夏娃迎來高潮，蜜壺隨之蠕動。

彷彿要把我的一切都榨乾似的，最後我無法忍住，將所有一切都傾瀉在夏娃的最深處。

射出了好驚人的量，連那裡的感覺都要沒了。

我拔出來之後，混雜著愛液與精液的液體傾瀉而出。

「……凱亞爾葛，做愛真的很舒服呢。」

「對吧。今後我隨時都會疼愛妳。」

「那真令人期待呢。因為你讓我非常舒服，接下來就換我讓你舒服吧。」

夏娃跨坐到我身上，自己主動吞進男根，開始扭腰。

我從以前就覺得夏娃具有這方面的才能。

就讓她好好發揮吧。

◇

早晨來臨。

昨天整晚都在疼愛夏娃。

畢竟我也一直忍耐到了現在，所以反覆貪求著夏娃，也多虧忍耐了這麼久，不只是身體方面的反應，就連內心也出奇充實。

清醒之後，我就一直在看著夏娃的睡臉，那張臉十分可愛，實在百看不厭。

然後夏娃也醒了。

和我對上視線後，她先是一臉呆愣，然後嘴角才浮現出滿意的微笑。

「凱亞爾葛，你昨天太粗魯了啦！」

「夏娃不是也很高興嗎？」

「是這樣講沒錯啦……搞不好會懷孕喔。」

「說不定呢。」

實際上那是不可能的。至今我一直應用【恢復】的原理，確實做好避孕。否則的話，就算芙蕾雅或是剎那其中一人早已懷孕也不足為奇。畢竟我可是紳士。根據我的原則，無法避孕的男人爛到無可救藥。況且要是現在懷上孩子，會產生各式各樣的麻煩。等到我的復仇之旅結束，到時再生個孩子說不定也不壞。

這件事我一直對大家保密，因為像剎那就真的很想要我的孩子。

「噯，凱亞爾葛。你不會突然消失吧？不會背叛我吧？」

「當然。只要夏娃還是夏娃，我就不會離開妳身邊。」

這點倒沒說謊。

如果我哪一天真的離開夏娃，那就代表夏娃失去了她自身的光彩。

「凱亞爾葛，我喜歡你。」

夏娃自己主動吻我。

我熱情接受。

這樣一來，我的心靈和身體都與夏娃結合了。

好啦，今天也好好努力吧。

首先，先做好旅行的準備，送黑翼族的少女們前往星兔族的村落。再來……總算要為了收拾魔王而採取行動。

第十五話 回復術士懷疑魔族

和夏娃結合的隔天，我們一大早就帶著黑翼族的少女們，往位於南方的村落出發。

基於人數上的考量，我們不騎馳龍，而是選擇以步行方式前往。

走在前方的是我和夏娃，後方則交給芙蕾雅和剎那負責殿後。

因為有可能還潛藏著魔王軍的殘黨，必須提防有人襲擊。

我們的步調相當快速。

這對少女的腳程來說相當辛苦，所以讓她們輪流騎上馳龍，一旦有人疲累就一個一個使用【恢復】，以強行軍方式前進。

「凱亞爾葛，謝謝你願意照顧大家。」

「畢竟我也受到米爾爺和那個村落的大夥不少照顧，這算是報答他們的恩情。」

這也算是我對米爾爺的餞別。

「夏娃以前去過南方的村落嗎？」

「沒有喔。不過我倒是有見過對方的代表幾次。」

「妳對那群人的觀感如何？」

「他們被稱為星兔族。正如其名，是有著兔子耳朵的一群人，就連可以使喚的魔物都是兔子喔。雖說沒有特殊能力，但大家都有超群的腳力，給人一種武鬥派的感覺。」

兔子的魔物是很可愛沒錯，但與外表相反，大多都是強力的魔物。

不僅聽力好，感知能力也很卓越，也如同夏娃所說，腳力相當驚人。

腳力會直接影響到攻擊力和速度。

「既然彼此有過交流那就安心了。畢竟要是被拒於門外，事情就會變得相當麻煩。」

「這點不用擔心啦，原本星兔族也是受到前任魔王重用，遭到現任魔王冷遇……更何況星兔族之中也有魔王候補，我們兩族以前就締結盟約，無論是星兔族的魔王候補還是黑翼族的魔王候補當上魔王，那個人就得幫助另一方的種族。」

既然如此，那不管是哪一個種族被選為魔王都能獲得好處。

……能確立出利害得失是件好事。

沒有比人的情感還要難以捉摸的事物。既然當夏娃成為魔王時，對方有辦法從中獲益，就能放心地把米爾爺要守護的少女們交給對方照顧。

「大家，我們得加緊腳步。差不多快走到一半了。要是累了的話儘管說，不要勉強自己。我會隨時幫妳們【恢復】。」

從後面傳來了回應的聲音。

就連感覺會最先累垮的艾蓮，也不知不覺鍛鍊出體力，步伐相當穩健。

就這樣，我們朝著星兔族村落繼續出發。

◇

我們停下腳步享用午餐並順便休息。

由夏娃和芙蕾雅擔任黑翼族少女們的護衛，我和剎那兩人則是進入森林之中。因為我們發現了魔物，這是為了確保安全並確保午餐的材料。

「剎那的動作也變得相當迅速了啊。」

「嗯，因為等級一口氣上升了。」

昨天夏娃用神鳥之力將魔王軍秒殺。剎那身為隊伍的一員也得到了這份恩惠。

組成隊伍有著以四人為上限的制約。

扣除掉非戰鬥要員的艾蓮，我們平常都是由其他四個人組成隊伍，剎那有切實受到這個恩惠。

雖說最近都只是一味地提高等級上限，等級並沒有跟著一起上升，但經過了這次的事件，剎那的等級一口氣提高到上限，影響很大。

如果是現在的剎那，應該能與勇者正面交鋒吧。

「的確是啊。不過突然提升等級，知覺或許會無法適應上升過的體能。妳的動作很生硬。不如就讓妳一個人狩獵看看，順便讓身體好好習慣一下。辦得到吧？」

「嗯，交給剎那吧。現在的剎那可以輕鬆收拾那種程度的魔物。」

剎那的眼神變得銳利。

接著她躍向高空。

而且沒有著地，就這樣在空中踢著樹幹，持續加速。

簡直就像是低空飛行。宛如閃電般在樹木之間飛馳。

由於踩踏的力道過於強大，樹幹上清楚地留下了剎那的腳印。

我們現在追趕的是狸貓型魔物。

雖說是狸貓，但身形纖細相當機敏，更重要的是牠似乎熟知這片森林，能有效地利用遮蔽物巧妙地逃走。

即使是一流的獵人要抓到牠也絕非易事，但在如今的剎那這股壓倒性的速度面前完全不管用。

「真是的，剎那果然是天才。實在太有天分了。別說是習慣，居然在這麼短的時間內就能把現在的體能運用自如。」

要是不使用【翡翠眼】，我甚至沒把握能用眼睛跟上她的動作。

如果只是仰賴狀態值可做不出那樣的動作。

這是由於剎那有著能活用自己速度的天分，才有辦法做到這樣的絕技。

剎那轉眼間已追上狸貓型魔物，並在擦肩而過的那瞬間用冰爪砍下對方腦袋。

血液瞬間泉湧而出。

以這種方式順便完成放血，並掏出內臟，弄成可以食用的狀態後，剎那回來了。

「凱亞爾葛大人，剎那成功獵到了。」

「嗯，真是好孩子。」

由於剎那對我投以渴求般的眼神，於是我就摸了摸她的頭。

她最近撒嬌的次數多了起來。

是因為我總是顧著夏娃，讓她感到寂寞吧。

「剎那，話先說在前頭，我也認為妳非常重要。完全沒有藐視妳的意思。」

的確，我最近都一直顧著夏娃。

因為她是我純愛的對象，需要有與其相符的對待。

然而……

「雖說不是像夏娃那樣的戀人，但剎那是我重要的所有物。妳最管用又很方便，我相當中意。不可能會棄妳於不顧，所以妳不需要擔心。」

我比任何人都信賴著剎那。而剎那也具有回應我期待的能力。

不管是身為女人或作為武器，剎那無論何種用途都能發揮出最棒的價值。

「凱亞爾葛大人，剎那好開心，你願意這樣需要剎那，實在好安心。」

剎那的臉頰泛起紅暈，搖起了狼尾巴。

看來剎那比我想像中還要嫉妒夏娃。

她不把自己的嫉妒流露在外，至今從未抱怨過任何一句，實在值得讚許。得褒獎一下這麼惹人憐愛的所有物才行。身為主人，我可要好好疼愛她一番。

「今天還沒進行早上的例行公事，就在這裡疼愛妳吧。」

剎那很機靈。她為了早上的例行公事而來到房門前面，但當下看到我和夏娃一絲不掛，便決定不走進房內，直接掉頭離開。

剎那這種機靈的地方實在讓人中意。

我在她耳邊輕輕細語，命令她脫下衣物，剎那身子一震。

有一股甜美的香氣瀰漫出來。

看來剎那已經進入狀態。

「好開心，剎那一直忍耐著。」

「沒有多少時間，所以我直接略過前戲喔。」

剎那點點頭。

然後將狸貓型魔物放在地面，把手靠在大樹上，朝著我挺出臀部，並脫下內褲。

「不需要前戲。一想到能受到凱亞爾葛大人的寵愛，剎那就渾身溼熱。」

看來她已經做好萬全準備。

我露出微笑，首先粗暴地揪住剎那的狼尾巴。光是這樣，就讓剎那的背部弓了起來。

當我嘗試插入時，發現裡面已經濕成一片，將我的分身緊緊揪住。

激烈地擺動腰部後，剎那的甜美嬌喘開始響徹整座森林。

疼愛剎那之後，我把狸貓型魔物【淨化】，煮成了狸貓羹湯。

午餐時招待的狸貓羹湯也大受黑翼族好評。

不僅是美味而已，這個狸貓有著膂力的適應因子，也能為提高天賦值做出貢獻。

「凱亞爾葛大人的料理依舊是這麼美味。」

「嗯，會讓人打起精神。」

「凱亞爾葛，再來一碗。」

「凱亞爾葛哥哥，我也要！」

大夥一如往常，紛紛要求再來一碗。

我露出苦笑，盛了大碗的給她們。黑翼族的少女們也畏畏縮縮地要求再添一碗。既然她們還有吃飯的精神，自然再好不過。

吃完午飯後，我們再度朝向星兔族的村落出發。

◇

抵達星兔族的村落後，負責警備的人便衝到了我們身旁。

說明來意後，對方就露出笑容讓我們通過，老實說有點沒勁。

什麼問題也沒有，他們接納了黑翼族的少女們，並提供她們住所。

作為接納她們的代價，我從魔王軍的所持物品中找出比較值錢的放在馳龍上運了過來，將物品送出去之後，他們就變得更加開心，向我們保證會慎重地對待這群少女。

我們也要在此和黑翼族的少女們告別了。

「凱亞爾葛大人，非常感謝你的大恩大德！這份恩情，我們沒齒難忘。」

她們每個人逐一向我道謝後，就和在這村落負責照顧她們的人一起離去了。

這種心情還不壞。

然後，由於對方想知道黑翼族的村落究竟出了什麼事，我們決定要答應他們的請求後，我和夏娃就被帶到和黑翼族的少女們不同的場所。

「夏娃，這個村落裡聚集了相當多不同的魔族啊。」

「嗯，這裡聚集了以星兔族為中心的各種遭到魔王迫害的種族。」

「……這不是不太妙嗎？簡直就像在拜託對方過來殺了自己。」

我正和夏娃竊竊私語時，身為警備負責人，同時也是帶我們進入村子的星兔族男人轉過頭來說道：

「不用擔心。這座村落位於難攻易守的地區。戰力也十分充足，以前也曾數次擊退魔王軍……更重要的是，進攻這裡對魔王軍來說相當不划算。這個村落一點一點地聚集了各式各樣的種族，一旦攻下這裡，也意味著會受到複數勢力的報復。」

儘管他說得自信滿滿，但這番話明顯有問題。

如果站在魔王軍的立場，一旦發現了這個村落，我會認定這裡是敵對種族用來交流、交換情報的場所。肯定會第一時間摧毀這個地方。

不過他說這裡具有充足的戰力，似乎所言不假。

有強力的魔物在村落裡四處走動，負責警備的那群魔族也有許多實力派高手。

似乎也具有蒐集情報的能力。因為這村落的人已經知道魔王軍襲擊黑翼族村落一事。

在我們說明來意前，對方就已經先說「真虧你們能從魔王軍的襲擊中順利逃走」。

……然後，當我說出襲擊村落的一夥已經被我們全滅後，對方起初還以為我在開玩笑，但看到我持續否定，表情就嚴肅了起來，決定派出斥候前去黑翼族的村落一探究竟。

證明他們並非不具憂患意識的白痴，有著正確的判斷力。

這樣更讓我覺得可疑了。那樣的傢伙會說出那種樂觀的話嗎？感覺在隱瞞些什麼。

然後，我們待會兒要交談的對象，似乎是星兔族的族長，我們被帶到這個村落裡最為富麗堂皇的宅邸。

說不定根據對話的內容，還會協助我們打倒魔王。

第十六話　回復術士獲得軍師

我們來到了受到現任魔王迫害的種族聚集的村落，拜託他們幫忙照顧黑翼族的倖存者。

這裡似乎是以星兔族為中心。

抵達村落後，出乎意料地受到村民歡迎，還招待我們前去星兔族族長所在的宅邸。

星兔族的族長坐在沙發上。

第一印象是很年輕，感覺頭腦很犀利。

特徵是戴著單邊眼鏡，有著一對純白美麗的兔耳。

「歡迎，我已恭候諸位客人多時了。請坐吧。」

聽從他的建議，我們坐下沙發。

然後一名僕人端著茶水走了出來，茶葉的香味頓時飄散開來。

明明黑翼族的村落還得為當日的伙食傷透腦筋，這裡倒是綽有餘裕啊。

在來到這間宅邸前，我仔細地觀察過村裡的狀況，然而不可思議的是，這個村落既富饒又和平。

我隱藏自己對他們抱有戒心，戴上笑容的面具開口說道：

「首先請讓我道謝。感謝各位願意接納黑翼族。我是凱亞爾葛，如你所見只是個人類。」

「實在是太客氣了。凱亞爾葛大人，我是星兔族的加洛爾。另外，看到夏娃大人也平安無事我就放心了。真是好久不見。」

「好久不見。也讓我向你道謝吧，謝謝你。」

原來如此，名為加洛爾的男人和夏娃彼此認識。

從夏娃的反應來看，至少她認為這個人是好人。

「不會不會，畢竟星兔族與黑翼族締結了同盟，我這麼做只是理所當然。而且凱亞爾葛大人似乎還贈送了相當多的伴手禮……另外，我從部下那聽說，各位似乎把數以百計的魔王軍精銳全滅了。請問你們究竟是如何辦到這點？這說不定會成為我們突破困境的線索。還請兩位務必告訴我們。」

加洛爾把身子往前一探。

從剛才的口氣聽來，他不僅知道魔王軍攻打黑翼族的消息，甚至連規模和具體內容也一清二楚。難道他有派出斥候嗎？

但是如果有派出斥候，卻不知道我們在來到這裡以前曾擊退過魔王軍。實在很不對勁。

話雖如此，閉口不提擊退魔王軍的來龍去脈也很不自然，何況說了也沒什麼壞處。就據實告訴他吧。

「請問加洛爾大人知道神鳥咖喇杜力烏斯？」

「當然。那是黑翼族的偉大勇者曾使喚過的神格魔物。據說牠不同於一般的魔物，會給予試煉，只願服從通過試煉之人。」

「既然你知道的話那事情就簡單了。夏娃突破了神鳥的試煉。然後驅使神鳥的力量，將襲擊黑翼族的魔王軍軍隊全數殲滅。」

加洛爾倒吸了一口氣，在單邊眼鏡後面的眼睛閃閃發亮。

「噢，看來神鳥擁有與傳說中一樣的力量。居然單憑一己之力就能葬送魔王軍的精銳。」

此時疑問增加了。加洛爾並沒有為此開心。

不對，表面上看起來很開心。但不斷遭到他人背叛的我擅長看出人類的情感。能穿過面具看見真實的一面。

既然同盟者得到能與魔王軍對抗的戰力，理應要感到開心才對。正常來說應該是這樣……然而那傢伙卻反而心想「問題增加了」。

「是的，我也相當震驚。不僅是對神鳥的力量，還有對能自在運用神鳥的夏娃。」

夏娃聽到後害羞了起來，但她話卻不多。

因為我想要取捨該坦承的情報，所以事前就拜託夏娃不要主動透露訊息。

「凱亞爾葛大人，能將魔王軍秒殺的力量，只要有牠便可說天下無敵了呢。但我不認為不需付出任何代價就能使用如此強大的力量。難道說沒有發動條件或是代價之類的嗎？」

……條件與代價啊，問得還真是直截了當。簡直就像是在假定要與夏娃交手似的。

基本上，我不會相信任何人……要說例外的話頂多就是剎那和夏娃。

一旦無條件地去相信他人會帶來什麼樣的後果，我可是設身處地體會了這一切。正因如此我才會總是猜疑他人。

然而就算扣除這點，這傢伙依舊可疑。

夏娃望向我，是在確認自己可不可以說出來。

我用視線示意要夏娃閉嘴，接著自己開口說道：

「要使用神鳥的能力，需要湊齊幾個條件。」

「果然是這樣啊。那所謂的條件是？」

「在此之前，請先告訴我為什麼你想知道這件事？」

「想了解這點不是理所當然的嗎？只要有夏娃大人和神鳥的力量，我們就能轉守為攻。是向魔王發動反擊的機會。」

姑且還算說得通。

即使如此，一直被不斷欺瞞的我會發自本能敲響的警鐘，現在依舊持續作響。

「神鳥會從月亮和星星獲得力量。如果不是像昨天那種出現新月的日子，並且滿足天空沒有一片雲朵的條件，否則便無法使用那股力量。」

我把謊話說得像是那麼一回事。

神鳥的試煉得在星辰排列處於一定時期的當下才能參加，想必他也知情。

那麼，就算我說那股力量會受到月像盈虧影響，應該也會不疑有他。

「原來如此，只有在出現新月，天空無雲的日子才能使用呢。真是一股比想像中還不方便的力量。」

「是啊，實在令人傷腦筋。而且非但如此，還有更為致命的問題。其實只要吃了蘋果就能將神鳥之毒無效化。恐怕不只是因為蘋果的成分之中具有中和毒素的效果，蘋果本身也具有概念上的意義。」

「哦，蘋果是嗎？也有傳承說那是生命果實。正因如此，才能把神鳥之毒……這件事絕對不能被魔王軍得知呢。會被輕易做出對策。」

我們對彼此露出苦笑。然後我喝了一杯紅茶。

事前除了指示夏娃不要說出情報，也另外告訴她別碰飲料還有茶點。

……看來這也是正確決定，這杯紅茶裡面雖沒摻入毒素，卻加了自白劑。無味無臭。效果是讓理性鬆懈說溜情報。

就算出了什麼差錯，也不該是對自己人使用的東西。

「凱亞爾葛大人、夏娃大人，今天時候不早。請你們就在此住一晚吧。我們已經做好歡迎的準備。因為你們是向可恨的魔王一派報了一箭之仇的英雄，請讓我們盛情款待各位吧。」

加洛爾露出和藹可親的微笑。

我也回以微笑，跟他緊緊握手。

◇

歡迎會結束後，大家集合在星兔族提供的房間。

在歡迎會上端出來的料理還有酒類都不含有毒素或是安眠藥。看樣子，對方好像不打算在這裡把我們一網打盡。

所以，歡迎會算是平安度過。

……參加了歡迎會後，讓我又重新確認到這點，這裡實在太過富裕。

「凱亞爾葛大人，你看起來比平常還要緊張。發生了什麼事？」

剎那開口提問，但我用食指抵住嘴巴，暗示她不要說話。

接下來，我把嘴巴靠近芙蕾雅的耳邊輕聲說道：

「芙蕾雅，妳能用風的魔術，確保聲音不會從房裡傳出去嗎？」

「可以。我試試看……【風之搖籃】。這樣就不要緊了。從房間外面無法偷聽到我們裡面的談話內容。」

不愧是芙蕾雅。

全世界唯一的四大屬性使者果然了得。

攻擊力出色的火焰、在旅途中管用的水，其他還有適合輔助的風，透過設置陷阱來發揮威力的士。芙蕾雅在任何狀況下都能發揮出實力。

「大家，妳們聽了不要驚訝。星兔族恐怕和魔王有所勾結。那些傢伙是叛徒。」

剎那淡然地接受這點，芙蕾雅詫異地睜大了眼睛，夏娃更是差點大叫「你騙人！」……幸好艾蓮及時捂住她的嘴巴，所以沒有真的叫出。

艾蓮非但沒有吃驚，從她的反應看來早已料到對方背叛。不愧是曾經的軍略天才──諾倫公主。

「在抵達村落的那瞬間我就覺得不對勁了。這裡是被現任魔王迫害的種族聚集的村落。而且武力和人口都具有一定水準，種族之間會頻繁交流，難以相信會有像這樣的村落存在。假設我是魔王，絕對不會容許這個村落繼續存續下去。畢竟如果那些遭到迫害的種族想團結一致，奮起反抗，這環境可說是再適合不過。」

在第一時間擊潰蒐集情報的場所，可說是戰爭的常理。

「凱亞爾葛，因為這樣就懷疑他們也不對啦。他也說其實這裡遭受過好幾次襲擊啊。」

夏娃說著袒護星兔族的話。

對於這樣的夏娃，艾蓮開口說道：

「我也覺得很可疑。因此我向領路的人打聽過魔王軍的襲擊頻率以及規模……實在感覺不到對方有心想要擊潰這個村落。只是派出一小部分戰力反覆進行小規模戰鬥。不可能會做出這麼無益的襲擊。如果要舉出個可能性，那就是某種障眼法。感覺這僅僅只是為了強調目前正在敵對狀態，才刻意展開襲擊。」

艾蓮平淡地道出自己的想法。她的神情並非往常那種向哥哥撒嬌時表現的模樣，儼然是個冷徹的軍師。

「我也是同樣的意見。假設只是一次兩次小看敵人而敗北那還能理解。然而如果是腦袋正常的老大，一旦吃了敗仗，就該在下次投入足以得勝的戰力。」

根本不可能有人為了打敗仗而戰。

「我知道這很奇怪，但是光憑這樣就懷疑星兔族還是太牽強了啦。」

「不光只是因為這樣啊，還有其他幾個可疑的地方。就是星兔族知道魔王軍襲擊要黑翼族這件事情。」

「就說那是他們有派出斥候啊。」

「明明派出了斥候，為什麼卻不知道我們把魔王軍全滅的事實？為什麼他們不將情報提供給黑翼族？既然締結同盟，又在早期的階段獲取情報，至少應該要主動提供情報。要是能在事前得知消息，那黑翼族的損害應該就能降得更低才對。」

「星兔族在收到情報時戰爭已經迫在眉睫，沒有餘力告訴黑翼族，會不知道魔王軍打輸了，是因為一旦戰爭開打，待在戰場會很危險，所以就回去了吧。」

我可以理解夏娃想要否定的心情，然而那是絕對不可能的。

艾蓮接著我的話繼續開口說道：

「因為危險就召回斥候。這絕對不可能。這個村落對魔王軍而言是種威脅，而且距離黑翼族的村落只需要步行一天。如果我是星兔族的領導者，會推測魔王軍殲滅黑翼族後下一個會輪到自己，事先想好對策。絕對不會讓魔王軍離開自己的視線。然而他卻召回斥候，這表示他打從一開始就確信魔王軍不會攻打這個村落。」

艾蓮充滿把握地表達自己的看法。

當然也有可能星兔族只是單純的笨蛋，但是看到那個族長後，我就打消了這個念頭。

「騙人。如果真的像艾蓮說的那樣，這個村落……」

「和魔王在私底下勾結呢。幾乎不會有錯。這樣一來一切就說得通了。」

夏娃啞口無言。

「不惜展開形式上的襲擊藉此掩人耳目來放過這個村落一馬，是因為魔王軍和星兔族相互勾結，好獲得聚集在這個村落的各式各樣種族的情報。我們可以合理懷疑，星兔族藉由出賣聚集在此的其他種族，換取自身的安全。對魔王軍來說，留著這個地方會更加方便。」

「我和艾蓮意見一樣。然後，夏娃，妳好好回想剛才和加洛爾的對話。他相當執著地打聽神鳥的弱點吧？之所以會打聽妳的弱點，都是為了要殺妳啊。所以我才會向加洛爾說謊。要是他知道只有在天空無雲的新月當天才能召喚神鳥，那除了新月的夜晚之外，魔王身邊的警備就會鬆懈，新月的夜晚反而會嚴加戒備消耗自己的體力。至於說蘋果是特效藥，是為了讓他們掉以輕心。」

既然談話內容會洩漏出去，那就散播對自己有利的謊言。

這也算是慣用的技倆之一。

要是對方以為有蘋果就能有恃無恐，小看了神鳥的力量，那就是最棒的展開。

「幸運的是，對方現在覺得我們還被蒙在鼓裡。沒有比自以為欺騙了對方的傢伙還要好騙的人。我們要趁虛而入。」

夏娃握緊了拳頭。

她很純真，這是她的優點也是缺點。

她現在因為星兔族的背叛而痛心。無法理解他們為何不惜出賣和自己有著同樣遭遇的伙伴，來保障自身的安全。

「……那個，凱亞爾葛。黑翼族的大家該怎麼辦？既然星兔族背叛了我們，那就不能把她們放在這裡不管啊。」

「不，就讓她們待在這裡。在對方自以為把我們蒙在鼓裡的這段期間，這個村落十分安全。因為這裡不會遭到魔王軍攻陷。更重要的是，沒有比這裡更能讓她們安心生活的地方。」

「可是……」

「如果想拯救她們，就捨棄感情論吧。好好想想自己的想法和她們的性命究竟哪邊比較重要。」

夏娃鬆開握緊的拳頭，抬頭望向天花板。

接著，直視著我的眼睛。

「知道了啦，凱亞爾葛。我很明白，不會做傻事。」

「那就好，艾蓮，借用一下妳的智慧。」

「是！雖說在戰鬥方面沒辦法幫上忙，但這種事我可是很拿手的喔。」

實在可靠，就來借助諾倫公主的智慧吧。

「芙蕾雅，差不多可以解開風之魔術了。大家聽好了，從現在開始，禁止做出已經察覺到被欺騙的對話以及舉止。我和艾蓮則用筆談交流。」

「因為這是要集中精神的魔術，我正好覺得再繼續下去會很吃力。得救了～」

我已經對魔王散播謊言，說神鳥只有在新月晚上才能召喚，讓他們把注意力集中在錯誤的時機，另外也撒了只要有蘋果就不怕中毒的謊言。

謊言是一種毒藥。

明天要撒下什麼樣的毒呢？

我和艾蓮兩個人，為了要將這個狀況活用到極限，開始思考作戰方針。

第十七話 回復術士認同艾蓮的本事

確信星兔族和魔王有所勾結的我和艾蓮，以還被他們蒙在鼓裡為前提，一整晚都在思考該如何利用現況，構思打倒魔王的作戰。

隔天早上，加洛爾的使者前來通知，說要集合在村落的各種族代表召開會議，希望我們也一起參加。

這是我們預期的其中一種發展。

甚至連那場會議上會提到什麼樣的話題，我也十之八九能猜想到。

到了下午，我們被帶往加洛爾的宅邸裡的會議室。前來這裡的人是我和夏娃。

雖說也讓艾蓮在場似乎比較妥當，但是她的頭腦是我們的王牌。還是別輕率地讓她曝光。

除了星兔族以外還聚集了五個種族。

根據夏娃所說，被魔王盯上的這些種族，鮮少有像黑翼族一樣失去了自己的國家。

為了以防國家因突發狀況滅國，進而導致種族滅絕，會事前便派遣一定數量的伙伴前往各地，而他們也屬於這一類型。

除了作為保險的意義之外，也有為了在眾多種族聚集的這個村落蒐集情報的意圖。聚集在這個村落的種族，好像會定期和自己國家交換情報。

我打開會議室的門後，星兔族的代表加洛爾朝著我們揮手致意。

「凱亞爾葛大人、夏娃大人。臨時叫你們前來參加會議，實在很抱歉。」

「這到底是怎麼一回事？」

「我昨天思考了很久，認為凱亞爾葛大人和夏娃大人能成為我等的希望。沒錯，根本不需要一味忍耐，只要有你們出手相助，就能由我們主動出擊。正因如此，我才召集了遭到魔王迫害的各種族代表聚集在此！」

加洛爾說的八成是場面話。

他真正的目的是將與現任魔王敵對的種族斬草除根。

為此，加洛爾應該會利用夏娃設下陷阱。

「加洛爾大人，我和夏娃也正打算設法打倒魔王。如果能獲得各位的協助，那實在是再好不過。」

由於這是艾蓮所設想的其中一種發展，所以早已想好對策。

不知這場會議是否會真如她所預測的內容展開，實在令人期待。

我和夏娃就座後，加洛爾開始敘述他的用意。

看樣子，這個村落的主要種族似乎都到齊了。

「前天，魔王動員了他底下的精銳軍，襲擊了黑翼族的村落……就是那個被稱為最強的格喇姆．古力姆軍。」

在場的大半魔族開始動搖。

我觀察每個人的臉色，以顏色區分動搖的魔族以及沒有動搖的魔族。

動搖的種族恐怕是白色，就是被星兔族欺瞞的一方。

而沒有動搖的種族，很有可能就是在事前已得知情報的黑色。和星兔族一樣，私底下與魔王連成一氣。

暫時可以把三個種族分為白色，兩個種族為黑色。

「格喇姆．古力姆軍是只由數百名魔族精銳及魔物組成的部隊，在他們的襲擊之下，黑翼族的壞滅可說是必然的結果。實際上也的確如此。然而……那最強的格喇姆．古力姆軍卻被毀滅了。是由夏娃大人，以及傳說中的神鳥咖喇杜力烏斯完成這個創舉！儘管他們無法拯救黑翼族！依舊漂亮地幫族人報仇雪恨！」

場面沸騰了起來。

魔王軍的精銳部隊格喇姆．古力姆軍是恐怖的代名詞。

我也很清楚，在第一輪的世界中，他們甚至還將【劍】之勇者與【砲】之勇者逼到絕境。

「請容我星兔族族長加洛爾在此宣言。我等總算是等到了勝利的機會。是否不該再繼續逃避下去了呢？如今，被欺壓的我等應該要以夏娃大人為中心，團結一致，打倒現任魔王！」

看樣子長久以來的迫害讓他們累積不少怨氣，集合在場的大半魔族只因這種程度的鼓吹而打算響應這個決定。

此時，有著野豬頭的魔族舉手發表意見。

他是剛才暫時被我判定為白色的魔族。

「光靠這樣的內容無法斷定。我想請你說明，具體來說我們應該要如何打倒魔王軍。」

他的風範儼然就像個武人。

從經驗上來看，他是可以信任的類型。

加洛爾將視線轉向我，是打算讓我說明吧。

「神鳥咖喇杜力烏斯能夠降下疾病之雪。正是因為牠在黑翼族的村落降下死亡之雪，才能把在場的魔族和魔物全數殲滅。只要夏娃有這個心，甚至可以在整個城鎮降下死亡之雪……只要能在魔王城和其底下的城鎮降下疾病之雪，自然就能得勝。」

周遭的人鼓譟起來。

一聽到神鳥咖喇杜力烏斯的力量，任誰都會崇敬。

能夠輕易毀滅一個城鎮的神之力就是如此強大。

「就如同各位所聽到的，我聽到消息後就立刻派出星兔族的斥候前往黑翼族村落一探究竟，結果證實這名男性所言的確屬實！換句話說，我等能戰勝魔王！」

不愧是星兔族。正因為是擁有驚人腳力的他們，才有辦法僅花一天就蒐集到情報。

「請容我星兔族的加洛爾提出建議。這股力量只能在出現新月之日才能使用。在一個月後的新月前一天，請各位在各地製造騷亂，分散敵方注意力。再來，請夏娃大人趁著這場混亂在魔王城以及底下的城鎮降下死亡之雪，等到都市失去防衛功能，我們所有人再一齊攻入敵陣追擊敵人，並派出精銳部隊攻入城堡，殺死魔王！除了我等種族以外的魔王候補大多都在魔王的都市生活。這樣也能一同誅之，堪稱一石二鳥！」

如果要最大限度活用神鳥之力，就只能選擇這個作戰。

只要計畫沒有洩漏給魔王軍，那毫無疑問會成功吧。

然而……實際上已經洩漏出去了。

要是實行這個計畫，在各地起義的魔族們會立刻被嚴陣以待的魔王軍擒住，全數殺害。

恐怕夏娃在召喚神鳥之前，也會遭到偽裝成護衛的刺客所殺，企圖殺入魔王城的精銳部隊也會被輕易反殺。這樣一來，就不存在和魔王敵對的魔族。這正是魔王和星兔族的目的。

加洛爾的失算，就是他不知道我們已經察覺他的如意算盤。

……不過話說回來，艾蓮真了不起。

星兔族提出的方案居然和艾蓮所預測的完全相同。

光憑有限的情報，她就看出了局勢的走向。

正因如此，她也準備了計策，好利用星兔族提案的這個作戰。就讓我們直接利用加洛爾準備的這個策略吧。

「各位！一直逃避想必也已身心俱疲了吧！戰鬥吧！能得到夏娃大人和神鳥這樣的王牌，

是我們的福報！要是錯過這次機會，就再也掌握不到勝算了！」

同意加洛爾這番話的人紛紛出現，現場的氣氛也更加熱烈。

我判斷為黑的兩個種族正在搧風點火。他們擔任暗樁從中煽動，剩下的三個種族也不由分說地開始亢奮起來。

剛才提出質疑的野豬武人愁眉不展。然後再度舉手發問：

「加洛爾，我了解你為何如此激動。但最重要的夏娃大人又抱持著何種心情呢？我不喜歡讓女人小孩戰鬥。更何況是無視本人的意願，強行逼迫她戰鬥，更是讓我無法坐視不管。」

搞不好這傢伙是個好人。

看來我可能會喜歡他……不對，我不可以這麼做。不知為何，我中意的傢伙都會先一步死去。

夏娃望向我這邊，我告訴她就按照我們事前商量好的去講。

「我打算要戰鬥，不想要再看到有同伴死去了。與其被剝奪，不如主動掠奪！」

少女這番充滿勇氣的話語，讓大人們振奮了起來。

唯獨野豬的武人露出了悲傷的神情。

「我明白了。夏娃大人，我們鐵豬族將負責護衛大人一職。我等的力量應該至少能成為盾牌。」

「請你不要擅自決定，古爾軋大人！」

加洛爾慌慌張張地制止野豬武人。

也對，這樣一來，最容易殺害夏娃的護衛一職非但不在他的掌握之中，而且還是由具備出色武勇的種族擔任，他當然不希望事態演變成這樣。

「為什麼？沒有其他種族比我們更擅長打防守戰。對吧，各位。」

看樣子名為古爾軋的男子備受信賴，我判斷為白的兩個種族都強力推薦。導致黑的兩個種族也難以行動。

就算是加洛爾，也無法在這種狀態下繼續堅持己見，只得怯生生退讓，任命古爾軋統率的鐵豬族為夏娃的護衛。

後來，一個接一個提出了具體方案。

我在這段期間，非常留神地關注各個種族的代表。

雖說大致上分了顏色，但為了提高準確度，我更加用心觀察他們的舉動。

究竟是敵是友，要是錯估了這點就無法勝利。

多虧我一直以來懷疑著他人，識破對方手腳可說是得心應手。

而且艾蓮也為此提供協助，事先準備了幾個問題讓我在這個場合提出。我在會話的途中穿插了這些問題，從他們的回答和反應，自然可以分出顏色為何。

就結果來說，和他們讓我感覺到的第一印象相同，但這樣一來就能確信了。

再來，做個收尾吧。

就在會議準備要迎來尾聲的時候——

我站了起來，向每個人打招呼並握手。

並在握手的那一瞬間，用【恢復】讀取他們的記憶。

要是全部讀取得花上不少時間，這樣會讓人覺得不對勁，因此只能掌握一瞬間。這樣的話無法深入探索。

從目前為止的反應配合【恢復】的結果後判斷為白，而且在親眼觀察後，讓我感覺能信賴的種族共有三個，我把事先準備好的信讓他們握住。

上面的內容是……

「星兔族是叛徒。他們把情報賣給魔王。我想在標示於地圖上的場所開一場真正的作戰會議。」

表面上的會議情報已經全部傳給魔王，我的計畫是私底下再開一場會議來個將計就計，再殺個他們片甲不留。

好啦，來一場愉快的欺瞞大戰吧。

拿到信的那三個種族肯定會來到約定的地點。

我得到的是與破滅相連的炸彈，還是有用的戰力，或是兩者皆是呢？

真是期待這場真正的作戰會議。

第十八話　回復術士獲得新的同伴

差不多是時候去參加真正的作戰會議了。

我邊祈禱叫來的三個種族願意前來邊進行準備。

「好啦，那馬上來準備吧。夏娃和剎那跟我來。」

「嗯，剎那已經準備好了。」

「好緊張喔。」

剎那和夏娃都握緊各自的武器跟在我的後面。

「芙蕾雅和艾蓮在這裡待命。萬一發生了什麼事，妳們知道該怎麼做吧。」

「是。我們會遵照凱亞爾葛大人的吩咐去做，還請務必小心。」

「凱亞爾葛哥哥，我會從剛才的會議中得到的情報，研擬新的對策，敬請期待喔。」

在負責留守的芙蕾雅和艾蓮目送下，我們從借來的宅邸地下移動到外頭。

這個地下通道並不是一開始就有的。是我為了不時之需，用煉金魔術操作土壤打造而成。

既然我們身在敵營，如果沒有緊急時刻用的逃脫路線，根本就無法安心在這裡生活。

雖說借來的這個家也遭到監視，但他們無法連裡面的狀況也一併得知，所以才能準備好這樣的通道。

就算負責監視的是聽覺優異的星兔族，也無法聽見地下的聲音。

我們穿越地底離開了森林。

「剎那、夏娃，可別掉以輕心。接下來要碰面的對象想必會警戒我們……要是走錯了一步甚至會變成敵人。光是把信交給他們，是不可能相信我的。就目前這個階段，他們還算是星兔族那方的人。」

「也對啦。畢竟是多虧了星兔族才能在這裡和平生活，說不定很感謝他們。」

「準備好了。無論發生什麼事情，剎那都不會讓凱亞爾葛大人死去。」

只帶這兩個人過來有我的理由。

要是身為當事者的夏娃不在場根本說不過去。一旦演變成需要動武的狀況則需要戰力，而最具自衛能力的剎那是適任人選。

「不需要保護我。我可以自己設法應付。剎那，夏娃就交給妳了。」

「了解。要是魔族做出可疑舉動，剎那會立刻砍下對方的腦袋。攻擊正是最大的防禦。」

「那是最後的手段。除非狀況一觸即發，否則千萬別出手。盡可能用和平方式解決吧。」

剎那有時比我還要好戰。

夏娃聽了這番話後，不知為何歪了歪頭。

「居然想要和平解決，真不像凱亞爾葛耶。如果是凱亞爾葛的話，我還以為會說『我很樂意殺了所有人』呢。」

「真失禮。除了要復仇的對象以外，我只會做出常識的應對。」

沒錯，我只是貫徹以牙還牙的精神。

更何況對方或許會成為我們的伙伴，我不會突然找碴或是為了瑣碎小事動怒。

差不多快到信上指定的時間了。

過了一會兒，來客開始陸續現身。

六名魔族和他們所使喚的數匹魔物。

信上面寫著希望盡可能以少人數前來，看來他們有遵守這個約定。

……或許，他們對自己的本領信心十足，就算是陷阱也有自信能以這樣的人數殺出重圍。

出現的是在剛才的會議上率先表態要守護夏娃鐵豬族和他的隨從。其他還有我判斷為白的風鼬族和炎馬族的代表及其隨從。

「我來了。黑翼族的夏娃大人和她的隨從啊。」

鐵豬族那名具有武人風格的男子率先開口。我記得名字應該是叫古爾軋。

「謝謝你願意前來。可以視為你願意相信我說的話嗎？」

「是指星兔族背叛了我們一事啊……這樣想的話，的確有許多事情都能合乎邏輯。但是……即使如此仍不足以信服。我就是為了得到確切的證據才來這裡。其他人也和我一樣。」

原來如此，雖說他風範像個武人，但似乎不是笨蛋。

事實上這也是我的測驗。

首先，如果是把我說的話照單全收的蠢蛋，到頭來只會扯我後腿，不需要這種人當同伴。在這種情況下，我會立刻離開這個村落，只靠我們幾個打倒魔王。

再來，假設是會把這件事告訴星兔族的傢伙也必須在此切割。要是腦袋正常，聽到我說星兔族是叛徒時，應該會聯想到一兩個在意的點。

如果他們連那種程度的洞察力都沒有，或者是不蒐集情報，選擇馬上出賣我的傢伙，那當然不需要。

至少這點他們算是合格了吧。

儘管懷疑我說的話，但也沒有把情報洩漏給星兔族，選擇當面聽取我的說法。

「知道了。那麼，就讓我說明吧。」

我緩緩道出為何對星兔族起疑的經過。

然後，告訴他們艾蓮所擬定的方案，可以確認星兔族是否背叛。

「……原來如此，你所說的確實合乎邏輯。會起疑心也是無可厚非。而且，如果是用你所說的方法，確實可以判斷星兔族是否真的背叛。無論如何，我們鐵豬族暫時就不把情報流通給星兔族吧。然後，要是有一天我知道星兔族為黑就會協助你們。」

「風鼬族也會這麼做。我從以前就覺得那群兔子很可疑了呢。尤其是加洛爾特別老奸巨猾。」

妙齡的剛強美女邊咬著指甲邊贊同鐵豬族的說詞。

「炎馬族也一樣。話先說在前頭，這並不代表我信任你們。但是我會懷疑星兔族。擊潰了魔王軍最大戰力的你們，絕不可能是魔王的手下……那股力量對我們炎馬族而言也是希望，不能視而不見。」

下半身是馬，有著紅色鬃毛的青年似乎也願意先暫時接受我提出的方案。

「謝謝你們。那麼，今天就請你們先聽我說明。我想說的是，該如何利用這個狀況。既然星兔族洩漏了情報，那他所提出的作戰成功率想必非常低。但是，我們別把這視為危機，不如當作是一個機會吧。如果是假情報，要讓他們洩漏多少都沒問題。我們直到中途為止都假裝在他的掌中跳舞，到了最後的最後再採取和預定不同的行動。」

全員點頭同意。我把和艾蓮討論過的作戰計畫一五一十告訴他們。

儘管對細微的部分提出意見，但大致上都接受了這個方案。

三個種族說一旦對星兔族的懷疑得到確切證據佐證，就會願意協助我。

「謝謝。這場會談得到了不少收穫。」

「嗯，不過我有件事想商量，可以告訴其他種族嗎？當然，我知道出席今天會議的種族除了我們以外都是黑的。但是沒被叫到會議上的少數種族之中，也有值得信賴的人。」

「不，他們也有可能和星兔族私下勾結。我希望目前只讓在場的成員知道這件事。」

現在必須把風險降低到最小限度。

已經察覺被蒙在鼓裡這件事是我們最大的武器，不能就這樣浪費。

「是嗎，我明白了。我就用你說的方法確認星兔族是否背叛。順利的話在一週內就會有答案……不過話說回來，人類裡面的怪人還真是多啊。」

「怪人？」

「嗯，我從本國的伙伴收到消息，說有個人類被祕密地招待進魔王城作客……據說那個人雖是人類，身上卻纏繞著比魔族更加黑暗的魔力。」

這個時期就已經有人類抵達魔王身邊？

不可能。

明明連第一輪的勇者隊伍都花了好幾年的時間才抵達魔王城耶。

而且，他說那個人類擁有比魔族更加黑暗的魔力？

那到底是誰？

浮現在腦海的只有一個人。

我用【翡翠眼】查看吉歐拉爾王時，他的狀態值上寫著「人類（？）」。

這件事在腦海重新復甦。

說不定魔王和吉歐拉爾王國之間相互勾結？這樣的情報就連芙列雅公主和諾倫公主都不知情。我用【恢復】探索過她們的記憶，絲毫沒出現這樣的訊息。

但是也不是不可能。

如果是那個國王，做出什麼都不足為奇。

而且如果這件事屬實，還能夠假設最糟糕的事態。

……吉歐拉爾王國目前已經失去了【術】之勇者、【劍】之勇者、三英雄之一的【鷹眼】，以及身為軍師的諾倫公主。

他們應該深切地理解到我的實力。如果他們真心想贏我，甚至有可能會讓殘留的最大戰力【砲】之勇者捨棄人類的身分，作為兵器使用。

然後，我也開始擔心【劍聖】克蕾赫了。

她和【砲】之勇者相同，都是王國殘留的最強戰力之一。適合作為王牌來使用。但那可是我的所有物，要是隨便亂改造可是會讓我傷腦筋啊。

「因為人類之中也有各式各樣的人。」

「既然是身為魔族公主隨從的你這麼說，那就沒錯吧。」

我隱藏內心的動搖佯裝平靜。

腦海中已經浮現被不明究理的力量纏繞在身上，強化過後的【劍聖】克蕾赫還有【砲】之勇者布列特襲擊過來的身影。

……現在就先別想這些吧。

目前的優先事項是獲得同伴。

後來，稍微補足剛才對話中的不足之處後便各自離開了。

鐵豬族等人離去之後，我嘆了一口大氣。

如果吉歐拉爾王國和魔王暗中串通，那事情就不妙了。

第一輪的我所看漏的重大內情，將會妨礙到我的計畫。

我得設法和克蕾赫取得聯絡。

雖說我委託她當間諜調查吉歐拉爾王國的內情，但現在不是糾結的時候。我的不好預感很準。馬上和她會合讓她加入隊伍吧。

就在我胡思亂想時，神鳥之蛋專用的背包猛然一震。

這還是它第一次有這麼大的動作。

「你就快要出生了嗎？」

沒有回應。然而蛋還是持續震動。

居然會在這個時機出生。

這其中一定有什麼意義。

受到神鳥的祝福，啃蝕我的心靈和魔力而誕生的神格魔物。

一定是高貴神聖，又具有強大力量的溫柔魔物，而且會願意助我一臂之力。

快點生出來吧，我要充分活用你的力量。

第十九話 回復術士成為父親

這次和沒有與魔王私下勾結的三個種族進行對談，姑且算是成功吧。

至少他們不會變成敵人。

尤其是擔任夏娃護衛的鐵豬族，原本就有必要和他好好相處，這樣暫時安心了。

護衛居然是敵人，這種事實在不敢想像。

現在我們正要通過地下密道，回到借住的宅邸。

在進入森林的出入口時也不忘留意四周，做好偽裝。

「不過話說回來，和魔王接觸的人類啊……」

能得到這個情報純屬僥倖。

距離襲擊魔王還有一個月。

希望能在這段期間和【劍聖】克蕾赫取得聯絡。只要能找個地方從村落偷溜出去，回到人和魔族和平共存的城鎮布拉尼可，應該能設法處理才對。

不過在那之前……

「得先迎接你的誕生才行啊。」

我撫摸放在專用背包裡的蛋。

不僅從剛才開始就一直在動，除了脈動之外還能感受到魔力的激烈波動。

看來這孩子再過不久就會出生。

◇

經過了兩天。

這兩天基本上都是在森林狩獵魔物提升等級，尋找回到布拉尼可後聯絡【劍聖】的手段。

然後，協助鐵豬族等族確認星兔族是否真的背叛。

快的話，應該後天就能掌握到切實的證據。

「凱亞爾葛大人，你看。好像就快生出來了。」

剎那一直盯著放在墊子上的神鳥之蛋。

坐在旁邊的夏娃開口說道：

「是很讓人期待，但感覺很可怕呢。畢竟這可是受到凱亞爾葛影響的孩子嘛。搞不好會生出很驚人的生物。」

「一定是強大又帥氣的孩子呢。」

「對呀，畢竟是凱亞爾葛哥哥的分身嘛。」

有著桃色秀髮的姊妹也翹首盼望新伙伴的誕生。

蛋的脈動變得更為激烈。

我們大家正一起在借來的住家中凝視著這顆蛋。

因為剛才蛋從內側產生了裂痕，剎那發現這點後就呼喚大家一起過來。

全員正吞著口水觀望著它。

不過只是這樣看著感覺實在累人。

一邊觀望著它一邊閒聊吧。

「話說這顆神鳥之蛋，其實不只是吸收我的心靈和魔力而已。還會吸取在在我身旁的妳們的心靈和魔力。因為它是個貪吃的孩子，光靠我的心靈和魔力似乎無法滿足。」

我能用【翡翠眼】查看魔力的流向。

用這只眼睛去看，就能發現蛋也一併吸收了在我附近的大家的心靈及魔力。

也就是說，不光只有我，這孩子也受到了剎那等人的影響。

「換句話說，這孩子是剎那和凱亞爾葛大人的小孩……好開心。剎那始終沒有真正懷上小孩，但居然能以這種形式實現夢想。下次，會努力生下真正的小孩。」

剎那使勁搖著白色尾巴，下定決心要做一件很不得了的事。

其實我隱隱約約已經察覺到剎那想要幫我生個小孩。在疼愛剎那時，她在我高潮完以前總是會緊緊抱住我不放。

「我……我倒沒有想要幫凱亞爾葛生小孩喔。不過，即將誕生的這個孩子會成為最新的成員，我當然會好好照顧的。疼愛這個孩子並沒有其他特別的含意喔。」

口是心非的夏娃以殷切的眼神注視著神鳥之蛋。

「感覺真不錯呢。代表這顆蛋是和凱亞爾葛大人之間的愛情結晶啊。聽著聽著，感覺這顆蛋更加惹人憐愛了呢。」

「……我的心情有點複雜。雖然和凱亞爾葛哥哥之間有小孩確實令人開心，但是我的魔力明顯過於稀少，感覺我占的比重不大，真是羨慕魔力量多得不像話的各位。」

芙蕾雅一如往常落落大方，艾蓮則是莫名地嫉妒，吐著微妙的挖苦話。

雖然艾蓮在意比率的問題，但這顆蛋從我身上吞噬的心靈與魔力大約占有整體的七成，剩下的三成才是由大家平均分配，應該在誤差的範圍內。

不對，搞不好三成意外地多。

如果只是吞噬我的，肯定會生出一個老實又溫柔，充滿了正義感的魔物。

但是姑且不論剎那和夏娃，吞下前芙列雅公主和前諾倫公主的心靈和魔力倒是讓人有點不安。

「應該是我擔心過頭了吧。」

自從她們變成芙蕾雅和艾蓮後就是我坦率又可愛的所有物（寵物）。只是在成長的過程中扭曲了心靈，本性其實沒有那麼壞。我應該也沒給她們什麼壞影響吧。

無論如何，剎那等人得知神鳥之蛋也有受到自己的影響，更加關心即將從神鳥之蛋誕生的魔物。

蛋的裂痕越來越大。

叩咚、叩咚……敲打蛋殼的聲音越發強烈。

這接著，蛋猛然破裂，從裡面出現了魔物。

那是有著微微泛紅的金黃色毛茸茸體毛，以四腳步行的獸型。耳尖和雙手雙腳的前端是黑色，彷彿穿了鞋子似的。

頭、腹部以及尾巴前端為白色，是很惹人憐愛的特徵。

眼前這毛茸茸的生物開始抖動身體和尾巴。尾巴相當地漂亮。

「凱亞爾葛，我還是第一次見到這種生物呢。這是什麼樣的魔物？」

「剎那知道。這孩子是狐狸，狐狸的魔物。感覺到一股難以想像的力量……大概比剎那還要強。不愧是凱亞爾葛大人和剎那的孩子。」

生出來的是隻狐狸。

「呃，你知道我是誰嗎？」

據米爾爺所說，魔物會親近賦予自己心靈與魔力的父母。

然而，如果生出了邪惡的魔物，甚至會啃蝕掉自己的父母。

有點不妙啊。我原本以為就算生出了邪惡的魔物也可以游刃有餘地應付，但是這傢伙很不妙，實在太強了。

正因為我用【翡翠眼】看透了牠的狀態值，才知道蘊含在牠體內的實力。要毫髮無傷打倒牠幾乎不可能。

小狐狸望向我這邊。

圓溜溜的眼睛實在惹人憐愛。

「嗷～～♪」

牠發出撒嬌的聲音向我撲了過來。

我連忙將牠抱緊。

毛茸茸又蓬鬆的毛，摸起來既溫暖又柔軟。

抱起來怎麼會這麼舒服啊？

小狐狸開始在我的懷裡安祥地熟睡。

彷彿連我散漫的內心都能治癒似的，實在太可愛了。

「凱亞爾葛大人，也讓剎那摸一下。」

「嗚哇啊啊～～為什麼凱亞爾葛能孵出這麼可愛的孩子啊！」

「圓滾滾又嬌小，真可愛。雖說我原本預測是個帥氣的孩子，但這樣也不錯呢。」

「凱亞爾葛哥哥，我也想抱抱看！」

看來也頗受女性陣容歡迎。

剎那她們又是摸頭又是擁抱的，小狐狸對著她們做出了難以言喻的可愛反應。

……簡直就像是知道該怎麼反應才會討人歡心似的。

完美到這地步反而可疑。

畢竟我很乖僻……應該說謹慎小心，所以越完美的對象越會讓我起疑。

不過話又說回來，為什麼會生出這樣的孩子？

居然有這種人畜無害、親近人又惹人憐愛的魔物，實在奇怪。

話說起來，狐狸的魔物多半能操控火焰和幻術。而且還會變換身形，相當狡猾。

我用【翡翠眼】識破牠的能力。這孩子身為狐狸魔物也不例外，備齊了操控火焰、使用幻術的能力以及變身能力。

這種親近人的舉止會不會全部都是演技？

畢竟包含我在內，牠啃蝕的心靈與魔力之中有著不少具有兩種強烈個性的傢伙，犬科的部分是來自剎那吧。

這樣一想，就可以接受為什麼會生出這樣的小孩。

種族：白金一尾・紅蓮　名字：尚未設定
職階：神獸　等級：30
狀態值：

MP：133／133
物理攻擊：71　物理防禦：59　魔力攻擊：98
魔力抗性：59　速度：83
等級上限：80
天賦值：
MP：106
物理攻擊：110　物理防禦：90　魔力攻擊：154
魔力抗性：90　速度：130　合計天賦值：680
技能：
・煉獄魔術Lv1　・幻術魔術Lv1　・變化Lv3
特技：
・煉獄之炎：將炎魔術技能昇華為煉獄魔術。當技能昇華，可以召喚煉獄之炎。
・無限迴廊：幻術魔術的威力、效果時間上升補正。只要消耗三倍魔力使用以單體為對象的幻術魔術，效果時間就能達到無限。
・神獸：雖為魔物卻是踏入神之領域的存在。所有狀態值上升補正、自動恢復。除了【父母】以外的束縛、弱體化補正，狀態異常無效。

驚為天人的狀態值，技能和特技都堪稱一時之選。

天賦值甚至超越魔王候補的夏娃，總計達到６８０。我第一次見到這種數字。

可惜的是煉獄魔術。

這是將炎魔術用特技加以進化的技能，這招連我都無法複製。

「不僅強大，還是個讓人無法掉以輕心的傢伙啊。」

用【翡翠眼】看過後，我更加確信自己的推測。

小狐狸向我撒嬌，還有向女性陣營獻殷勤的舉動都是經過精心算計而做的。

設個保險吧。我趁小狐狸拚命獻殷勤的空隙，更動技能的分配，改為特化在魔術方面。

我使用以奴隸的項圈為基礎研發的一種讓魔物隸屬化的術式。

就算是對一切束縛還有狀態異常都有抗性的小狐狸，唯獨身為【父母】的我可以無視這股抗性。

我小心翼翼地不讓魔力外漏，在沒人察覺的情況下架構術式。

拿出事先準備好的禮儀用特別魔針吸取我的血液，再刺進小狐狸的心臟。這樣一來隸屬的束縛術式就烙印在小狐狸的心臟了。

「呀！」

小狐狸發出悲鳴，從艾蓮的手臂中跳開。

然而術式已經完成。

這樣一來這孩子就無法逃離我，也不能傷害我。

……不過話又說回來，牠還真是用相當恐怖的表情瞪著我啊。完全無法想像這和剛才還在撒嬌的小狐狸是同一隻魔物。

看到牠真正的表情，我咧嘴一笑。

接著牠馬上擺回原本的表情。水汪汪的眼睛就像在傾訴著「好痛喔」似的。然後歪了歪頭，實在做作得可愛。

「嗷嗚……」

順便說一下，由於這傢伙切換表情的速度過於迅速，所以女性陣營沒有察覺牠剛才臉上的表情。

「凱亞爾葛大人，突然拿針刺牠太可憐了。」

「就是說啊。你害這孩子都被嚇到了耶。」

嗯，果然是我的魔物。漂亮地欺騙了我以外的人，已經在隊伍內確保了被疼愛的地位。

如果我沒有用魔針烙印術式，搞不好牠今天就會馬上逃跑。

這麼精打細算的個性，反而讓我覺得相當可靠。況且不管有多麼壞心眼，可愛這點倒是毋庸置疑。我待會兒也好好地疼愛牠一下吧。

女性陣營再次抓住小狐狸，全心全意地疼愛牠。

對了。一直叫牠小狐狸也怪可憐的。

得取個名字才行。

儘管牠非常會賣乖，但作為戰力無可挑剔。就讓我好好利用這股力量吧。

第二十話 回復術士作夢

我作了一個夢。

在第二輪的人生，我變得經常作夢。

我在看著我。

成為凱亞爾葛之前的自己，無力又愛哭的凱亞爾正在瞪著我。

然後，我（凱亞爾）開口說道：

「我……不想變成像你這樣。」

用孱弱的聲音說著詛咒的話語。

不想變成像我（凱亞爾葛）這樣嗎？

「那我倒要反過來問你，我該怎麼辦才好？遭到欺瞞，被那些傢伙貪婪啃蝕。難道那樣就好了嗎？別開玩笑了。我……我不會原諒掠奪我的傢伙。」

已經這麼決定了。

一路上都是這麼走來。

所以，才能變成強大的我。

對這件事沒有一絲後悔，沒有任何迷惘。

我確信選擇這條路是正確決定。

畢竟我很幸福，變強了。錢也不成問題，身邊還有一群好女人。

「我不是你。你是怪物。」

我否定那樣的我。

啊啊，真讓人煩躁。

這場夢的意義是什麼？

是我的深層心理？原來我內心深處有著這樣孱弱的自己嗎？

「我只是……希望能讓大家幸福。如果變強的話，就用那股力量達成目標，就算沒有力量，也可以靠蘋果和甜點……」

「正因為那個幸福的大家裡面沒有包含我，所以才變成了凱亞爾葛。如果你是連這種事都不懂的小鬼，那我不需要你。一般的回復術士只會被人啃蝕！獲得力量的我不可能再去做什麼蘋果農家還是點心師傅！我就只有這條路可走了。」

我否定孱弱的我，抹去他的存在。

此時視線開始轉暗。

夢境尚未結束，即將切換場景。

◇

這次並非在不可思議的空間，而是扮演過去的自己。

是當時還很孱弱的我。

被三勇者當成玩具戲弄的我。

一如往常，我被【術】之勇者當成自慰器具使用。

在那之後，【砲】之勇者布列特總是會強行以愛情的名義強姦我，然而那一天卻不同。

他帶我離開營地。

來到一座看得見星空的山丘。

然後在那裡開始聊起自己的故事。

「來聊個往事吧。我從前在諜報部工作，在那邊被稱為王牌。這樣的我在某天……受了傷，雖然費盡千辛萬苦逃離了戰場，但也耗盡體力，就在這時，我遇見了天使……那是個失去父母，依舊堅強生活的少年，明明連自己的生活都無法顧好，卻拯救了素不相識的我。」

明明臉上掛著柔和的表情，但股間卻膨脹了起來，實在讓人不快。

「他沒有向我要求回報。之所以救我，只是因為無法丟下我不管。他很有骨氣、純真，又溫柔……害我無可自拔地想玷汙他。從那時候開始，我就覺醒了真實的愛情。」

基於善意救了布列特的少年，肯定沒想到居然因為這樣而使得這樣的變態誕生在世上吧。

「我順從欲望蹂躪他、凌辱他，一回過神來，那名少年就再也動彈不得了。一個不小心就把他弄壞了，讓我為此悲傷不已……我尋找過代替品……但始終遍尋不獲。因此，我決定自己扶養，扶養出像他那樣有骨氣、純真，又溫柔的少年。為了這個目的，我辭去諜報部的工作，從事神父一職。」

後來布列特馬上就被選為勇者，儘管再度回到戰場，但也繼續這樣的生活。

「但是，我無法做出他的替代品。無論我取得了多麼優良的素材，倡導神的教誨，反覆驗證，從失敗中找出正確的方法，也始終無法……但是，如今我總算遇到了，那個人就是你，凱亞爾。可能的話，真希望在你還沒壞掉前就與你相遇。不光是外表，你就連內在都和他一模一樣。有骨氣、純真又溫柔。打倒魔王之後，去接受治療吧。我會幫你找回真正的自己。」

說完這句話後，布列特就把我推倒了。

把我和他理想的少年重疊在一起。

◇

場景又變了。

這是在挑戰魔王前一刻的景象。

這個時候，布列特已經在把自己的知識還有技術傳授給我。

……雖說我老早就取回了自我，但依舊佯裝成一個廢人。

明明是這樣，他卻持續展現自己在諜報部培養時的知識及技術。

實際上，我在幫他【恢復】時就已經取得了他的經驗及知識，再聽一次也沒有任何意義。

內容本身非常有用。無論在任何狀況都能活命的哲學。區分敵人或是自己人的力量，看穿謊言的能力，洗腦技術。

不對，這並非毫無意義。本人親自口述，讓我對這些知識有了更深的理解。

無論任何經驗或是知識，在我成為凱亞爾葛後都派上了用場。

……雖然不想承認，但他是我的老師。

【術】之勇者和【劍】之勇者只不過是單純強大。

正因為有他在，我們才有辦法走到挑戰魔王的這一步。

然後，為了讓我能夠活下來，那股力量可說是比任何事物都更為必要。

在決戰的前一晚，他抱緊我並在耳邊低喃：

「你要活下來，我可愛的凱亞爾。」

只說完這句話，他那天什麼都沒做就離去了。

真是諷刺。

和魔王的戰鬥中第一個死去的，居然是比任何人都具有生存能力的男人。

◇

我清醒了。

「這是什麼夢啊。好死不死的，居然是以前的我和最糟糕的心靈陰影組合出現。」

渾身是汗。

雖說我經常作惡夢，但這次特別嚴重。

從早上就讓人心情鬱悶。

「凱亞爾葛大人，早安。」

身上只穿著內衣褲的剎那進來了房裡。

是為了進行日課的侍奉。

「好多汗，凱亞爾葛大人鐵青著臉。」

「作了一個討厭的夢。是我在這世上最討厭的傢伙的夢。而且最糟糕的是還多了一個附屬品。以前的我說，現在的我不是我，不想要變得像我這樣。」

說得就像是在唾棄我。

到了這地步，我才第一次察覺。

我似乎受到那個夢境相當大的影響。

為什麼？

明明我應該不會後悔。

明明我應該沒有做錯。

「就算在夢裡的凱亞爾葛大人討厭凱亞爾葛大人，剎那還是喜歡凱亞爾葛大人。救了剎那，還願意疼愛剎那。如果不是凱亞爾葛大人，肯定救不了剎那。不只是剎那而已，芙蕾雅、夏娃還有艾蓮都喜歡凱亞爾葛大人。所以，凱亞爾葛大人是個好人。」

……的確，我如果還是凱亞爾，也救不了剎那和夏娃。芙蕾雅和艾蓮是比較那個，不過是比她們還是芙列雅還有諾倫的時候來得快樂。

我是為了自己才成為凱亞爾葛，但既然也有性命因此得救，說不定也算實現了凱亞爾的夢想。

「……謝謝妳。我找個時間再做甜派吧。下次我會做蘋果派。那可是我最得意的甜點。」

感覺被拯救了。

所以我得道謝才行。

突然想要久違地做一份蘋果派。

「嗯。剎那很期待！之前吃到凱亞爾葛大人做的派，覺得非常美味。」

我推倒剎那。

就算作了那種夢，也不會有任何改變。

我要活出自己的風格。

……話又說回來，會在這個時間點夢見布列特，難道純屬偶然嗎？

當初夢見布蕾德後，我馬上就再次遇見了那傢伙。

說不定，很快就能再次見到布列特。

第二十一話 【砲】之勇者戀愛了

～吉歐拉爾王國，晉見之間～

在吉歐拉爾王城，存在著表面上的晉見之間和祕密的晉見之間。

而祕密的晉見之間，就連存在本身都只有部分人士知情。

……因為知道吉歐拉爾王國背地裡另一種面貌的人要不是被消失，就是遭到洗腦。

使用這個房間的機會極為稀少，就連芙列雅公主和諾倫公主也只踏入過這個房間幾次。

然而現在這個房間正被人使用。

沉重，飽含威嚴的大門敞開。

踏入裡面的，是皮膚黝黑的光頭壯漢和騎士們。

在他們穿過大門的同時，門也自動關閉並上鎖，甚至還張開了結界。

這不僅是為了讓裡面的人無法出入，也是為嚴防聲音外漏而採取的措施。

只要不使用王家代代相傳的魔術，任誰都無法進入，任誰都無法踏出這裡一步。

一旦被帶到這樣的房間，無論是誰都會感到驚慌失措。

然而，以光頭及黝黑皮膚為特徵的壯漢，臉上卻始終掛著微笑。

儘管他身穿神父服裝，卻與那身打扮毫不相稱，發達的肌肉幾乎快要把衣服撐破。

「來得好，【砲】之勇者布列特。」

「吉歐拉爾王，好久不見了。但請不要稱呼我為【砲】之勇者布雷特，請叫我布雷特神父。」

被傳喚到這個房間的男人，正是【砲】之勇者布列特。

由吉歐拉爾王國管理的最後一名勇者，同時也是「最強」的勇者。至於堪稱是他代名詞的銀色巨砲，在進入這個房間前就已遭到士兵沒收。

他平常隱瞞身為勇者的事實，作為一名神父守護教會，並經營著孤兒院。

他享譽盛名，無論是人民還有小孩都景仰他。

「你知道被傳喚到這裡的理由吧。」

「……是，想必是要派我收拾【癒】之勇者。」

布雷特瞇起了他的細眼。

他擁有不仰賴王國的個人情報網。

他並不信任王國。很清楚自己只是因為還有利用價值才能活在世上。

如果對王國造成任何威脅的話，想必立即就會遭到抹殺。

正因如此，他從不欠缺保護自己的手段。

「只有勇者能殺害勇者。我的女兒【術】之勇者芙列雅被他擊敗，後來不是受到拷問就是遭到洗腦，背叛了我和吉歐拉爾王國，與那傢伙站在同一陣線。能同時與兩名勇者交手的人，也就只有你了。」

「您的意思是，並非要救出芙列雅公主，而是要以殺害兩名勇者為優先？」

「沒錯。可能的話就先救出我女兒。然而最優先的事項，就是確實消滅那兩個人。」

王的表情扭曲了起來。明明光是【癒】之勇者就已經很棘手，【術】之勇者還在協助【癒】之勇者。

由於這關係到士兵和人民的士氣，事前就下了封口令，然而目擊者實在太多，無法阻止情報蔓延開來。

……而最糟糕的，就是芙列雅公主的演說。由於她以聖女的外貌和口吻訴說著平等、和平等蠱惑人心的話語，導致不少人已經深受其害。

正因如此，吉歐拉爾王才會坐立難安。這可能會動搖到吉歐拉爾王國的處境。

要確實殺死【癒】之勇者凱亞爾。如果有可能的話，就奪回身為女兒的芙列雅公主，如果難以辦到的話殺掉也可。

芙列雅和失敗作品諾倫不同，是極少數的成功案例，但也並非無可取代。

「遵命……雖然想這麼說，但我實在無能為力。雖說是攻其不備，但連獲得【軍神】諾倫公主策略的【劍】之勇者以及三英雄之一的【鷹眼】都無法得勝，要面對這樣的對手，我實在是束手無策啊。」

布列特聳了聳肩，露出困擾的表情。

他能以最強的勇者身分傲視群雄，主要有三個理由。

第一點，就是【砲】作為兵器來說壓倒性地出色。能從遠距離毫不間斷地連續擊發具有精度和威力的攻擊。儘管殲滅能力遜於【術】之勇者，但無須蓄力即可射擊，就連射程也有過之而無不及。

第二點，就是壓倒性的高等級和實戰經驗。【術】之勇者和【劍】之勇者自覺醒後還沒有經過多久的時間。相較之下，【砲】之勇者是在二十年前覺醒。這二十年來持續累積的經驗是很大的優勢。

第三點，就是小心謹慎。他從不高估自己也不低估自己。絕不以身試險。不相信任何人。總是為自己留有後路。歸功於這樣的個性，才讓他得以活到現在。

「布列特神父，你說無能為力是嗎？但我也打算為你準備援軍。像是在【鷹眼】死後升格為三英雄的【劍聖】，集結了各路英雄好漢。這樣一來，想必你應該能輕鬆完成這工作吧？」

國王露出微笑，然而布列特還是一如往常地掛著那和藹可親的笑容。

「並不是這個問題。【癒】之勇者還沒有讓我們見識到他能力的底細。就現狀能判斷的，也只有他具有拉攏【術】之勇者的某種洗腦能力。還具有能與【劍聖】匹敵的劍技。再來，就是連失去一條手臂都能治癒的恢復能力……既然他能辦到這麼多事，想必他還隱藏了許多底牌。要面對隱藏著底牌，並讓【術】之勇者唯命是從的怪物，這實在不是明智之舉。」

布列特運用自己的手段蒐集了有關【癒】之勇者的情報。

他掌握到【癒】之勇者最後現身在布拉尼可，前往魔王領域的更深處。

另外，還得知了【癒】之勇者的隊伍裡除了【術】之勇者以外，還有另外兩名強力成員。

……然後，也知道【癒】之勇者本人在一對一的情況下打倒了【鷹眼】。

他認同吉歐拉爾王提議作為援軍的【劍聖】實力。認為這樣一來就有七成獲勝的把握。

然而，也有三成的可能性會輸。

更何況目前尚未得知【癒】之勇者隱藏著何種底牌。

在這樣的狀況下去還去挑戰對手，就與笨蛋沒兩樣。

「布列特神父，你的意思是要違逆身為國王的我嗎？」

「怎麼會，我絕無此意。諾倫公主的遠征失敗，導致精銳部隊分崩離析。如今我等吉歐拉爾王國已失去【術】、【劍】之勇者以及【鷹眼】，要是再失去【砲】之勇者和【劍聖】，就會讓他國有可趁之機。實際上，周邊諸國已經向我們亮出了毒牙。正因我深愛著這個國家，才會斗膽如此進言。」

【砲】之勇者說的話很正確。

吉歐拉爾王國原本就遭到他國憎恨。

利用在最前線與魔族戰鬥這樣的理由，要求支援戰爭經費，並從他國奪走了大量的資金、人員以及技術。拒絕的國家將會被冠上人類之敵的罪名給予制裁。

之所以能做出這樣的舉動，是因為具有勇者這種超乎規格的存在，以及諾倫公主的外交能力所致。

要是在這種局勢下再失去【砲】之勇者，吉歐拉爾王國有可能會被周邊諸國毀滅。

「別找藉口了。這是命令。要是你膽敢違抗，那我可是會把你的祕密……畢業的真正意義公諸於世。」

所謂畢業正如其名，是指孤兒們從布列特的孤兒院離開自立。

表面上會向大眾說明這些孤兒要不是成為工匠的弟子或是居家留宿的傭人，再不然就是成為某個家庭的養子而從孤兒院離開。

……儘管也有那樣的孩子，但大部分都並非如此。

布列特只愛著少年。

他的孤兒院只會領養外貌俊俏的少年。這些少年會依照他的喜好扶養長大進行調教，成為他性欲的發洩出口。

然後，在少年成長得最為俊俏的那一刻，布列特會殺死這群少年，並為了保存進行加工，製成收藏品。

在迎來高峰期後只會一味劣化。少年會成長為男人。那是布列特無法允許的。

他昨天也停止了一名少年的時間。貪求著少年最棒的一瞬間，徹底品嚐後，停止了他的時間。對布列特來說，停止少年的時間使其化為永恆是必要的行為，也是最棒的娛樂。

這件事之所以還沒引發問題，絕大部分要歸功於吉歐拉爾王國的協助。

「哎呀哎呀，被說到痛處了呢。這樣我就不能進行藝術活動了。明白了。我將投入所有心力討伐【癒】之勇者。」

儘管嘴上這麼說，布列特在腦中已經開始盤算該如何逃離吉歐拉爾王國。

吉歐拉爾王國的確具有魅力。拜日積月累的信用以及王家的助力所賜，能選擇高品質的少年納為己用。

至今所進行的養成、調教、戀愛、殺害以及保存這樣的流程，假設不是在吉歐拉爾王國，實行起來想必會具有極高的難度。

……即使如此，疼愛少年的前提是要留著一條命。

雖說他早有打算要在將來把【癒】之勇者當成玩物弄到手，然而與其要現在戰鬥，不如只帶著最寶貴的收藏品逃亡他國還比較識相。

然後在那裡重新創建樂園，等待時機成熟。

要逃亡到國外前，也把還沒成熟的孩子們全部品嚐一遍後再殺掉吧。青澀的果實也具有一定的魅力。

「實在可靠。真不愧是最強的勇者。」

「我一定會收拾【癒】之勇者給您看。」

然而那不是現在，而是在做好必勝的準備之後。

等著我啊，可愛的凱亞爾。

那是一見鍾情。看到人像畫的那一瞬間，我就射精了。

那正是我心目中的理想少年。我要疼愛他、疼愛他死命疼愛他，讓他保有那份美麗，製成我的收藏品。

「吉歐拉爾王，還有什麼需要吩咐的嗎？」

「沒事了，畢竟已經得到布列特神父的協助……你以為我會這麼說嗎？」

吉歐拉爾王說完這句話後，騎士們就緩緩地拉近距離，試圖圍住布列特神父。

布列特神父下意識地將手伸向值得依靠的伙伴，【神裝武具】的那柄大砲，然而那卻在踏入這個房間前就遭到沒收。

「哎呀，吉歐拉爾王？假設這不是我的誤會，騎士們似乎對我懷有殺意，這到底是怎麼一回事呢？」

「我啊，最厭惡的就是想欺瞞我的傢伙。就像你一樣。」

「我完全不知道您在說什麼。」

布列特神父警戒著周圍，同時歪了歪頭表達不解。

就算身處這種狀況，他依舊冷靜。

「我從魔王那裡借用了方便的魔物。現在我能夠讀取他人的想法。很可惜的，我很清楚你只是當下表示順從點頭答應，其實心裡已做好逃亡的打算。」

「……哈哈哈，居然有這種方便的魔物啊。不過您和魔王聯手，都不感到羞恥嗎？」

「哦，聽到我和魔王聯手，你也不會感到詫異啊。你早已知情了嗎？」

「是啊，還滿早以前。」

歸咎於能讀心的魔物，現在無法有任何隱瞞。況且也沒有這麼做的意義，布列特語氣平淡地回答。

與此同時，開始進行實驗。

他對讀取內心的魔物大致上有幾個頭緒。而且，不同的魔物讀取內心的方式也是千差萬別。他用好幾種模式進行思考，並觀察吉歐拉爾王的反應。

原來如此，這種思考方式就不會被讀取。

……這樣一來，就可以分類出會被讀取的思考以及能隱藏起來的思考。

「布雷特神父耳朵真好。不愧是最強的勇者。但是你的【砲】現在可不在這裡。儘管是最強的勇者，依你現在手無寸鐵也敵不過『進化』過後的騎士，乖乖束手就擒吧。你雖然很有能力卻難以駕馭。不過一旦接受『進化』，就會成為好用的棋子。」

布列特用視線追蹤著騎士的動作，並用不會被讀取的思考方式設想對策。

這就是進化？打死我也不幹。我可不想被抓住，變成這種噁心骯髒的人偶。

光看就能知道。他們已經捨棄人類的身分。身上流動的魔力已和人類相去甚遠。既不是人類也不是魔物，是更為異質又骯髒的生物。

「真抱歉，我不太懂什麼叫放棄……然後容我給個建議，你太小看勇者了。就是因為這樣，才會遭到【癒】之勇者擺布。」

布列特從神父服懷裡掏出手槍。接著快速充填進行六連射。將魔力彈射入周圍的騎士以及吉歐拉爾王的眉間，腦袋頓時破裂開來。

布雷特不會信任他人。

一直以來，始終隱藏著自己的【神裝武具】真正的模樣。

這是為了在緊要關頭時作為自己的殺手鐧。

這把手槍才是【神裝武具】的本體，和巨大的外部零件組合才會成為巨砲。

在交出武器時只交出外部零件，並沒有讓本體離身。他不可能手無寸鐵就踏入「敵陣」。

布列特開始思考逃脫路線。

儘管要打開大門需要只有王族才知曉的解除密碼，但對此還是有些眉目。只要花點時間應該就能出去。問題是在出去之後。

他殺害了國王。雖然可惜，但現在甚至沒有時間回收心愛的收藏品。必須刻不容緩，盡速逃到國外。

「呼哈哈哈哈……哈哈哈哈哈哈！」

房間響徹著笑聲。

聲音是從噴發出腦漿，已經死去的吉歐拉爾王發出的。

騎士們也接二連三站了起來。

「……沒想到居然會到這種程度。意思是你捨棄人類的身分，自甘墮落成了畜生呢。」

飛濺的血液和腦漿化成一團黑物，回到原本所在的地方。

「自甘墮落？希望你能稱為進化啊。來吧，要殺幾次都無妨。直到你的體力和魔力耗盡為止。」

布雷特神父笑了。

看來已走投無路。

然而就算身處這種狀況，他依然從容不迫。因為在被傳喚到這房間的那一瞬間，他已經猜想到這種可能性。但是若真的演變成這種狀況，那他也束手無策。

儘管抱著一絲希望而走到這一步，果然還是不行。僅此而已。

……話雖如此，也不能就這樣平白被幹掉。

已經做好了妨礙敵人的準備。

他已經查明【劍聖】就是【癒】之勇者安插進來的間諜。

所以，事前已派出下屬妨礙【劍聖】的任務，讓她返回王都的日子延緩兩天。

如果不這麼做，恐怕現在【劍聖】也會在場，同樣被國王抓住。

也在事前安排好，一旦自己發生什麼萬一，就把所有調查來的情報交到【劍聖】手上。

只要看到那個，【劍聖】就不會回到吉歐拉爾王國，而是會追隨勇者，朝向布拉尼可的另一側前進。

這是送給【癒】之勇者的禮物。我絕不會把可愛的凱亞爾交給如此醜惡的國王。

「【癒】之勇者。我真想好好疼愛你、養育你，然後殺了你。」

腦裡浮現打從看到人像畫的那一刻，就對他一見鍾情的凱亞爾那可愛面容。

光是看到那張臉就會勃起，無可自拔地想疼愛他。

神父布雷特邊想著凱亞爾的臉自慰，同時持續殺著一而再再而三復甦的騎士。

這並不是在自暴自棄亂殺一通。他觀察騎士復活那一瞬間的動作，打算藉此釐清這股黑暗之力的構造。對每次的殺害方式都下了工夫。

神父布雷特有著跟蹤狂氣質，而且不會輕言放棄。

此時他淺淺一笑……總算理解了箇中原理。這樣一來即使被吞噬，依舊有殘留自我的可能性。

魔力已經到達極限。剩餘的子彈還有一發。

他已經決定好該如何使用。

「已經到極限了嗎，布列特神父！來吧，和我們成為同樣的存在吧！」

「真是抱歉啊。我早就決定好要以我自己的意志……和所愛的人白頭偕老。」

【砲】之勇者布雷特用子彈射穿了自己的太陽穴。

龐大的身軀倒了下去。

這就是即使被黑色的不明物體侵蝕，也依舊能保持自我的計策，其最後一道手續。

……國王一定深信我會選擇在變成怪物之前先自我了斷。這樣就好，我要利用這個機會。即使變成怪物也不會迷失自我。就讓我裝作被他利用，好好等待時機吧……然後還要疼愛【癒】之勇者凱亞爾。

「哈哈哈哈哈哈！不過是自盡而已，怎麼可能逃出我的手掌心。喂，黎赫蘿潔，把這傢伙也一起進化。進化的可是【勇者】啊。他將會成為相當不得了的怪物！」

國王發出哄笑。

他以為【砲】之勇者的自殺絲毫沒有任何意義。

此時，從國王的陰影出現了一名擁有膜翼以及紫色肌膚的女性，用自己的血液在【砲】之勇者的屍體上描繪刻印。

然而，國王並沒有注意到。

【砲】之勇者之所以自盡，是為了隱瞞就算變成異形也能維持自我意識的機關。

非但如此，他還事先做好安排，讓【劍聖】帶著情報前去【癒】之勇者身邊。

最強的勇者在這種狀況下，依舊毫不動搖，將該完成的事情統統辦到。

一切都是為了要找出自己一見鍾情的可愛凱亞爾，在保有自我意識的狀態下疼愛他、養育他然後殺掉他，永遠在一起。

終章 回復術士離開村落

「哈……哈啾！」

打了個噴嚏。

「凱亞爾葛大人，感冒了嗎？」

剎那一臉擔心，從下方抬頭窺視著我的臉。

我們現在位於森林。

正在狩獵魔物，藉此提升等級。

不僅如此，也是為了找出具有尚未攝取過的適應因子的魔物，吃下牠的肉好提升天賦值。

……然而這只是檯面上的理由。我們正在尋找逃出這個村落的方法。如果要以隊伍行動，就得趁晚上從地下通道溜走。

但是為了要救出【劍聖】，我得一個人前往布拉尼可。那麼就不能在魔物活性化，視野惡劣的夜晚出發，在白天使用地下通道的風險又太高，因此才像這樣尋找警戒網的漏洞。

星兔族小心謹慎，現在也依舊派人在監視我們。

有人盯著實在很麻煩。

不光是無法自由行動，要是在被盯著的這段期間使用了能力，等於把自己的情報拱手洩漏給敵人。

所以我限制了剎那等人在狩獵時可以使用的能力。

比方說夏娃，我叮嚀她不可以使用黑翼召喚和闇屬性的魔術，只能使用光屬性。

「剎那，不需要為我擔心，應該不是感冒。反正我就算病倒也會被自動治好。」

【神裝武具】蓋歐爾基烏斯。

有著【自動恢復】的功能。

「嗯，那就好。」

「雖然是迷信，但或許是有人正發自內心在想著我喔。」

這種讓背脊發涼的感覺。

憎恨著我的傢伙豈只一二十個。心裡有底的對象實在太多。

然而不知為何，我腦海裡浮現了【砲】之勇者的身影。

他是我要復仇的最後一名勇者。

……我沒有一天忘記過他。在第一輪的世界，我每天每天都受到那傢伙的殘忍折磨。

「明明這麼愛你，為什麼你卻對我那麼冷淡？」一邊這樣說著，同時蠻不講理地對我訴諸暴行。

而且在徹底地折磨後，那傢伙總是會哭著道歉。「這樣做你會痛吧？對不起喔。但這是因為我愛著你才會施暴。為了彌補今天對你這麼過分，明天我會好好疼愛你的，原諒我吧。」

而且還是沒完沒了地吻我，摸遍我全身時講著這種話。

這是我最大的心靈創傷。

要是那傢伙出現在眼前，恐怕我的雙腳會顫抖不已。

正因如此，我要把他找出來，狠狠折磨一番再殺掉。

過去我曾受過的屈辱和疼痛，要連本帶利還給他。

「凱亞爾葛，你又在想奇怪的事了。表情很可怕喔。」

走在旁邊的夏娃板著一張臉說出這樣的話。

自然而然地就像戀人那樣主動牽手，夏娃的這個部分實在惹人憐愛。

「是有一點啦。因為我想起了討厭的傢伙。」

「哦～凱亞爾葛也會有不擅長應付的人啊？那個人是人類？」

「妳很清楚嘛，是人類喔。」

「那就好。只要待在這邊就不會遇見對方了嘛。」

夏娃在拐彎抹角地說希望我留在這裡。

我摸了摸那樣的夏娃的頭。

「也是啊。但我不想逃避，因為那是我總有一天非得克服的對象。」

否則持續在胸口燃燒的這把復仇之火，就會把我搞瘋。

這陣子，我一直在思考該怎麼做，才能讓【砲】之勇者飽嚐痛苦後再殺了他。

某種意義上，這就像戀愛一樣。

「咕嗷～」

小狐狸在我頭上打了個哈欠。

看到這樣的舉動，芙蕾雅和艾蓮都陶醉在其中。

毛茸茸又可愛。

這孩子似乎很怕麻煩，總是靈巧地爬到我的頭上或是肩膀上睡覺。儘管這樣頭會很重，但看牠可愛總是會不由得原諒牠。

「這孩子依舊還是那麼可愛呢。已經決定好名字了嗎？」

「凱亞爾葛哥哥，我也很在意這點！沒有名字的話很不好叫。」

芙蕾雅和艾蓮呼吸急促地來到我身邊。

畢竟這兩個人很溺愛這隻可愛的小狐狸。

「嗯，決定好了，叫紅蓮。」

是從牠的種族名稱，白金一尾．紅蓮直接拿來命名的簡單名字。

要是太講究反而會不好理解。

會使用紅蓮之炎的這孩子，很適合紅蓮這個名字。

「嗚哇～好可愛的名字。」

「話說起來，凱亞爾葛哥哥。這孩子是男生還是女生？性別是什麼？」

「會是什麼呢？來確認看看吧。」

我把手伸進紅蓮的腋下抱了起來，確認雙腿之間。

沒有那個。

那就是女孩子。

確認完的那一瞬間，紅蓮開始大鬧起來。對平常總是一臉睡眼惺忪的紅蓮來說，這樣的舉動實在少見。

微妙地拉開距離，發出狐狸叫聲表示抗議。

……該不會是因為被看到兩腿之間在生氣？因為牠是女孩所以會介意嗎？

應該是我想太多了。

「我不會再這麼做了，回來吧。」

不管怎樣，既然牠討厭這麼做，那我別做就得了。

我呼喊躲在樹後面的紅蓮。

「嗷。」

紅蓮掛著一種說不上來的氣臉跑了回來，再度攀爬到我的頭上開始睡覺。

話說回來，還沒見識過這孩子的力量。

正好，遠方有個豬型魔物。

我用【翡翠眼】確認，等級大約20出頭，也沒有棘手的特殊能力。

剛好適合讓紅蓮拿來練習。

「紅蓮，那是妳的飯。去狩獵一下吧。」

紅蓮醒過來了。

似乎是對飯這個詞彙起了反應。

接著，一溜煙地就衝向距離有好幾百公尺之遠的豬型魔物。

噢，畢竟牠的速度狀態值拔萃超群，果然快得驚人。

這速度能與剎那匹敵。

轉眼間牠就拉近距離並蹬地一躍而起，跳到豬型魔物的頭上，從嘴巴吐出火球。

那並不是單純的火焰，而是炎魔術的上位互換。召喚出煉獄之炎的煉獄魔術。

火焰的顏色是漆黑色。遭到火球直擊的豬型魔物從脖子以上都被燒得精光，連一片灰也不剩。

紅蓮靈巧地用爪子切開失去頭部倒在地上的豬型魔物，這次不是用黑色火焰，而是用普通的火烤熟豬肉，開始大快朵頤。

剎那目瞪口呆，接著開口說：

「那孩子好了不起。剎那第一次看到會用火把肉烤熟再拿來吃的魔物。」

「嚇了一跳，牠居然是這麼聰明的孩子。」

夏娃也和剎那一樣驚奇。

話說回來，那傢伙還真會吃……太奇怪了，牠吃的量有自己身體大小的好幾倍耶。

不一會兒工夫，小狐狸就把整整一頭豬吃個精光。

紅蓮回來了。這次是爬到肩膀上開始睡著。和剛才的重量完全沒變。牠剛才吃下的東西到底是消失到哪去了？

總之我撫摸了牠的頭誇獎牠。

因為牠願意聽我的命令。

既然這孩子能成為戰力，那就得努力和牠交流才行。

「好啦，我們也努力狩獵吧。為了準備和魔王交戰，必須變得更強才行。」

剎那等人點頭。

提高等級就能變得更強。這是基本，而且至關重要。

◇

我們一邊狩獵，同時尋找監視者的漏洞，總算是找到逃脫的眉目。

發現了嚴密警備的漏洞。這樣一來就能甩開監視者，神不知鬼不覺地逃出這個村落。

然後，既然要前往布拉尼可，就代表會有好幾天離開這裡。必須也研擬這方面的對策。

在這段期間，我打算讓紅蓮變化成我的模樣，藉此掩人耳目。

「紅蓮，妳能變化一下嗎？」

「嗷～？」

牠只是歪著頭，好像沒有變身的打算。

……乍看之下無法溝通，但其實牠有確實聽懂意思。

只是覺得很麻煩而已。

經過了幾天的相處，我大致掌握了紅蓮的個性和行為模式。

我已預期到這樣的結果，房間裡面只留下我和紅蓮。

「（這是命令。使用變化。）」

因此我毫不留情地使用命令。

烙印在紅蓮心臟上的刻印之力開始發揮作用。

紅蓮的表情痛苦地扭曲。

然後當場翻了個筋斗。

「好痛……為什麼要那麼粗魯的說？」

就這樣，牠變身為長著狐狸耳朵、狐狸尾巴，年約十三歲左右的少女，淚眼汪汪地抬頭望著我。

外表看起來比剎那和艾蓮還要年幼。

這個模樣是紅蓮另一個真實的姿態。

「誰教妳故意裝作聽不懂我說的話。」

「這樣很累的說。用狐狸的模樣好好睡一覺最輕鬆的說。人類的模樣身體沒有那麼軟綿綿，很不好睡覺。」

依舊是個嫌麻煩的傢伙。

而且從剛才開始就微妙地釋放出殺氣。

這種任性的地方到底是像到誰啊？

「我話先說在前頭，在妳心臟上的刻印有著一旦傷害到我就會掐爆心臟的效果、我死了的話就會掐爆心臟的效果，以及無視我命令的話就會帶給妳痛苦的效果。」

「嗚嗚，好過分的說。這是在虐待使喚魔的說……居然會在這樣的主人底下誕生，紅蓮真是個可憐孩子的說。」

狐狸耳朵的美少女正在啜泣。

看來這傢伙還挺游刃有餘的。

「知道的話就快點變化成我的模樣。如果不趁這個時機出門，事情就難以收拾了。」

「雖然覺得麻煩但我還是會加油的說。相對的，要買伴手禮給我。我想吃又貴又軟嫩的肉的說。野生的肉又臭又硬。」

「我答應妳。」

說完這句話後，紅蓮就變身成我的模樣。

雖說看起來有點愛睏，但外表毫無疑問是我。

這樣應該不會被識破。

「夏娃和艾蓮會從旁協助妳，要聽她們的話啊。」

「知道了的說！慢走的說！」

聲音莫名開朗。剛才那麼厭惡簡直就像騙人似的。

以我的模樣用那種口氣說話亂噁心的。

姑且還是打個預防針吧。

「（不准離開夏娃一公里以上。）」

「為……為什麼要下命令的說！」

「……妳啊，如果我沒下命令妳就逃跑了吧？」

「才沒有這回事的說。」

紅蓮把臉別了過去吹起口哨。

真是一刻都不能讓人掉以輕心。

「別忘了，要是我死了妳也會死。不想死的話就好好服從我。」

「嗚嗚嗚，知道了的說。」

看來她總算認命了。

那就出發吧。

前往布拉尼可，設法和【劍聖】取得聯絡。

【劍聖】是我的玩具。我才不會拱手讓給別人。

就在我胡思亂想時，門打開了。

是夏娃。

「嗚哇，真的變化成凱亞爾葛大人的模樣了。紅蓮真聰明。」

「紅蓮很厲害的說！」

就說別用我的模樣用奇怪的口氣說話啊。還有，妳在得意什麼勁啊？

「夏娃，有什麼事嗎？」

「我有件事要來跟你報告。星兔族果然如同凱亞爾葛說的開始行動了喔。所以鐵豬族他們也確信星兔族是黑的。」

「比想像中來得快啊。」

在確認對方是否背叛的方法之中，能最迅速達到效果的，就是親眼見到對方在洩漏情報。

只要讓他們掌握必須盡快透漏給魔王的情報，叛徒立刻就會採取行動。

然後，不知道被人懷疑的星兔族就會毫無戒備地讓現場曝光。

……儘管設下陷阱的人是我，但想不到他們居然會這麼順我的意去行動，實在痛快。

我把告訴鐵豬族的情報，就這樣傳達給星兔族，於是星兔族就慌張地去向魔王報告。根本不知道自己正被人監視。

「從現在開始才是重頭戲。」

獲得了魔族的友軍。下一步就是接回【劍聖】集結戰力。再來就是認真地引魔王上鉤。

首先，要從警戒網的漏洞離開到外頭。

……好啦，一切要從現在開始。

後記

感謝各位閱讀《回復術士的重啟人生》第四集。

我是作者「月夜涙」。

在第四集，是以第一輪還是魔王的夏娃為中心所描寫的故事。

請各位務必見證貫徹純愛，回應柔弱少女的眼淚，貫徹正義的凱亞爾葛的英姿！

當然，有著凱亞爾葛風格的復仇場景以及情色場面也一如往常，也請各位好好享受。

另外，託各位的福，由各位讀者的投票決定出二〇一八年度下一部暢銷作品的活動——【新作輕小說總選舉二〇一八】，《回復術士的重啟人生》光榮地拿下了第一名。

有最多讀者將本書選為二〇一八年度最有趣的作品，實在讓我非常開心，既然光榮地拿下了總選舉第一名，在此也希望今後能讓更多人知道這部作品。

如果有在幫忙傳教的各位讀者，只要說這部是新作輕小說總選舉第一名的作品，或許會更容易推銷出去喔。

然後，預計在二〇一九年冬天發售的第五集也決定要廣播劇ＣＤ化了！目標是動畫化！

宣傳：

漫畫版的第二集會由Young Ace在九月四日幾乎同時發售！（註：此指日版）

在漫畫上活靈活現的凱亞爾葛大人等人，將展現出和小說不同的魅力！

另外，雖然是其他出版社，《そのおっさん、異世界で二周目プレイを満喫中》這部作品也將要推出了，請各位務必閱讀！明明很努力卻沒有才能的大叔，由於一個邂逅，而讓人生從此大逆轉。請各位也試著閱讀看看！

謝辭：

しおこんぶ老師，感謝兩位第四集也畫了出色的插圖。無論是在遊戲或是漫畫的工作都越來越活躍。我會繼續支持你們。

責任編輯宮川先生，你總是快速又誠實地應對，實在讓我不勝感激。

角川Sneaker文庫編輯部與各位相關人士，負責設計的木村設計研究室，以及閱讀本書至此的各位讀者，非常感謝你們！

後記…
回復術士第四集！
這集夏娃大活躍。背景是狐狸狀態的紅蓮。
在此鄭重感謝《回復術士的重啟人生》榮登2018
輕小說總選舉第一名！承蒙各位讀者的支持才能留下
這樣的結果，實在是非常感謝!!
今後也請各位繼續支持回復術士。
Siio

獲得神鳥咖喇杜力烏斯的
凱亞爾葛終於準備討伐魔王！
為了與【劍聖】會合，他再度
前往布拉尼可，然而——！
回復術士的重啟人生 5
～即死魔法與複製技能的極致回復術～
2019年冬季發售預定!!